歳華片々

——古典俳句評釈

矢島渚男

ふらんす堂

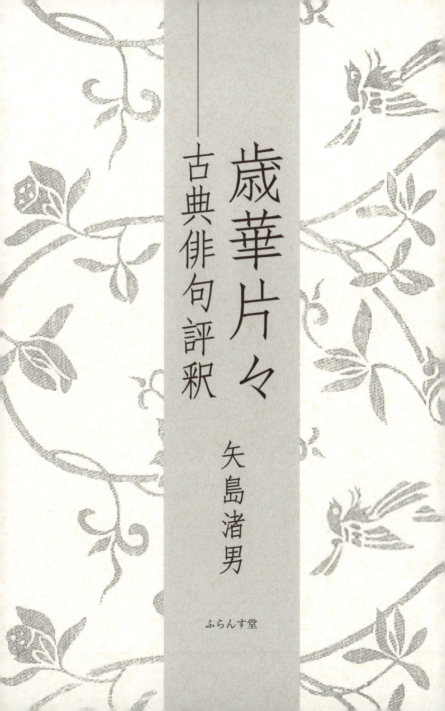

目次

凡例など

●掲出した作品は原典の表記に従い、作品に付した平仮名ルビは現代仮名遣いとし、片仮名のルビは原典にあるものである。
●人物名や書名の読み、年代や略歴などは主として『俳文学大辞典』(一九九五年・角川書店)により、出典は主に「古典俳文学大系」(集英社)によった。
●また、文中に二行分の空きを設けて＊を付し五年間(二〇〇四～二〇〇八)の執筆年次を残した。

歳華片々——古典俳句評釈

一月

初春の御慶《ぎょけい》はふるき言葉かな　宗因

「明けましておめでとうございます」という年初の挨拶は、思えばまことに「ふるき言葉」であることよ。古き風習がいまも続いてあることに初春のめでたさを感じているのである。

西山宗因《そういん》（一六〇五～八二）は加藤清正の家臣の子として熊本に生まれ、八歳のころから和歌を学び、若くして城主正方の側近となったが、主家が取潰されたため浪人となり連歌師として流浪することになった。四十三歳で大坂天満宮の連歌所宗匠となり、やがて支配的だった貞門俳諧に対して談林風といわれる新風を展開した。貞門の保守的上品さに対し、談林は革新的に猥雑、庶民的エネルギーを俳諧に取り戻した。そんな既成概念からみると、「初」と「古」に理を残しながらも卒直な句柄で、古典的風格がある。

彼は阿蘭陀《おらんだ》風といわれた斬新な面白さの追求から転じて隠栖を志向するようにさえなった人であった。『梅翁宗因発句集』（一七八一）冒頭の句である。

年は人にとらせていつも若夷　芭蕉

元日の朝、若いエビス様を刷った札が売り声高く売られる。刷物だから、いつも同じで若々しい顔をしている。縁起物なので買う人は毎年買う。こちらの方は、年々歳々、年老いてゆく。

寛文六（一六六六）年。芭蕉（一六四四〜九四）二十三歳の作。これは宗房の号で『千《ち》宜理記《ぎりき》』（一六七五）に載っているもの。ほかに〈年や人にとられていつも若ゑびす〉の形が『一葉集』などに残っている。

芭蕉二十歳代の作品は習作期として当然ながら平均作と言っていいが、句集の四番目に出てくるこの句ばかりは出色である。当時もしも炯眼の士がいたならば、この一句をもって宗房なる若者の将来を予言し得たかもしれない。

貞門風の機知・滑稽の裏に、年老いることへの無常観をひそめている。「とらせて」でなければなるまい。晩年になって

人に家をかはせて我は年忘れ　（元禄三・一六九〇年）

と、この句によく似た形でつくっている。「かはせて」は買わせて。

正月も身は泥《ヒヂリコ》のうなぎ哉　嵐雪

新年となっても、相も変わらず泥酔の日々、まこと泥の中をのたうちまわっている鰻みたいなものよ……という自嘲の句である。泥のごとしは酩酊のさま。泥を「ヒヂリコ」

と読ませて、どこかに実在するかもしれぬ湖を思わせるのも芸だろう。

嵐雪《らんせつ》(一六五四〜一七〇七)は其角《きかく》と並べて芭蕉が

両の手に桃とさくらや草の餅　『桃の実』(一六九二)

とうたった自慢の弟子だが、恥も外聞もなく自分をさらけだした、こんな捨て身の句を見れば、芭蕉が彼に寄せた信頼のほどがわかろうというもの。この作品をつくったころ、彼はこの句の通り遊里で飲んだくれの日々を送っていたはずである。彼の二人の妻はいずれも遊女の出だった。

『貞享《じょうきょう》三年其角歳旦帳』(一六八六)にある。この貞享三年彼は三十二歳、武家奉公を辞して俳諧師として世に立とうと決意した年にあたる。

＊　＊

こもりくのはつ明《あけ》ぼのに何もかも　素堂

「隠国の初曙に何もかも」と表記できる。座五「何もかも」が実におもしろい。すべてのものが初日に染められているとも、山国に新春を迎えて旧年のことどもはみんな忘れ去った、と取ってもいい。大胆な省略に余韻がある。

山口素堂《そどう》（一六四二〜一七一六）は芭蕉の三歳年上で唯一の親友と言える人であった。甲斐山中の酒造家に生まれた素堂は学問に志を立て二十歳で弟に家督をゆずり江戸へ出て林家に漢学を学び、京にものぼって和歌などを学んだ。

延宝三（一六七五）年、江戸へきた宗因に芭蕉とともに一座して、談林の新風に触れ、『江戸両吟集』（素堂・芭蕉）『江戸三吟』（素堂・芭蕉・信徳《しんとく》）を立て続けに刊行、江戸談林の推進者となるが、やがて芭蕉とともに漢詩文調に移っていった。

芭蕉は漢詩文の素養に乏しく書籍も持たなかったらしいが、素堂の蓄えは豊富で芭蕉に教え、また書物を貸した。芭蕉の宗匠生活の清算や隠栖への素地は、この親友との語らいの中で醸成されてきたと思われる。素堂も宗匠とならず隠者的な生活を送り、晩年は芭蕉庵の至近距離に住んでいる。

この句は文化文政期、夏目成美《なつめせいび》門の久蔵という人が編纂した『素堂家集』にある。『元禄名家句集』（荻野清編）では存疑の部に入っているが、これだけ風格のある句はまず素堂作として疑いなかろう。

ほつ〳〵と喰《くい》積《つみ》あらす夫婦《めおと》哉《かな》　嵐雪

正月も二日三日と過ぎ、訪れる人もない。炬燵の上の重箱詰めの料理をつつき散らしては、二人で酒ばかり飲んでいる。あまり動かないから腹もすかない。「ほつほつ」は少しずつの意。

『玄峰集』（一七五〇）所収。年代不詳だが、二度目の妻との結婚が倦怠期を迎えたころとおぼろな推測を楽しむ。

＊　＊

醬油もて目ざしぬらすや熗《ヲキ》の上　　重頼

もの憂げに火鉢の熾火で目刺しをあぶる男。酒の肴か、飯の菜か。仕上げに醬油を垂らしている。

松江重頼《しげより》（一六〇二〜八〇）は京都の富裕な商人で松江の姓は父祖の出身地であろうとされる。十七歳で撰糸の家業を継ぎ、連歌界の第一人者里村昌琢《しょうたく》（一五七四〜一六三六）に学んだが、連歌から俳諧を独立させるために生涯をかけて奮闘し、それまで「云《いい》捨《す》て」だった俳諧を文芸として定着させた。編著の『犬子集《えのこ》』（一六三三）や入門書というべき『毛吹草《けふきぐさ》』（一六四五）がベストセラーとなって俳諧人口を飛躍的に増大させたこと、同門だった西山宗因と交遊して彼を連歌から俳諧の世界に引き入れたこと、指導下から言水《ごんすい》や鬼貫《おにつら》を出したことなど、貞門から談林にかけて江戸時代初期の俳諧の歴史をつくってゆく上で極めて重要な存在であった。芭蕉の最初期の作品が残されたのも、重頼による選集『千宜理記《ちぎりき》』や『佐夜中山集《さよのなかやま》』によってである。

この句は維舟《いしゅう》と号した晩年の作品と思われ、かつての才智絢爛たる面影を消した地味な味わいは蕉風の誕生が間近い俳壇の情勢を敏感に反映しつつ、田中善信のいうように、古今集の東歌を本歌取りし「目ざし」（子供）と塘（沖）が隠し味になっているのかもしれない。この句は自筆の『藤枝集《ふじえだ》』（未刊）にある。

筆をもつこゝろぞ梅になりにけり　由平

梅の花を前に、筆を持って句を案じていると、心が梅そのものになってしまった、という。太陰暦の江戸時代、梅はまさしく正月の花であった。このめでたい句は書初めの句ではなかろうか。

前川由平《ゆうへい》（一六六一〜一七一一ごろ）は西山宗因の門で、延宝期には西鶴などと並ぶ大坂俳壇の重鎮であったが、元禄期には雑俳の点者となっている。

これは雲英《きら》末雄著『鶯の昔に』に短冊が紹介されていて、立ち止まった句。氏はこの時代としてはユニークな発想で不思議な句だと言われているが、その通りで句の心も形も談林派らしからぬ素朴さである。あるいは芭蕉の「松の事は松に習へ、竹の事は竹に習へ」といった遺語を洩れ聞いての戯作かも知れぬ。「ぞ」に力がある。門下から小西来山《らいざん》が出て、由平は彼を宗因に就かせて大成させている。

白魚の塵も撰《えり》けり年男　言水

この「年男」は厄年の男だろう。今年は万事に気をつけようと食膳の白魚を前にしても魚に混じる小さな塵さえ用心深く取り除けている。
池西言水《ごんすい》の年末年始の句といえば

白昼に雉子拾けり年の暮　（『反故集』）

という秀句を思い出すが、この「年男」の句はそれから十年近く経っての作である。この句、人情に委曲を尽くしているが、やや理が勝ったか。正月の句は昔も今も難しい。
『風光集』（一七〇四）所収。

更《ふく》る夜や炭もて炭をくだく音　蓼太

寒さまさる夜更け、長い炭と炭を打ちつけて割っている。そのカン・カンという音が暗闇にひびく。

炭は既に日常のものでなくなっているが、この句のもつ簡明なよろしさは時代を超えている。大島蓼《りょう》太《た》個人におけるのみならず、中興俳諧期の生んだ名作である。『蓼太句集』（一七六九）所収。

＊　＊

元日や神代のことも思《おも》わる、　守武

年の初めにあたって、遠い神代のことども思われるというので、伊勢神宮内宮の神官であった荒木田守武《もりたけ》（一四七三〜一五四九）の作として強い実感に裏付けられた格調高い一句である。「元日」という硬い漢音が俳言であり、以下の和語とひびきあって見事な効果を上げている。

戦国時代は伊勢神宮の衰微甚だしく、式年遷宮もままならなかったが、彼はその維持に奔走するかたわら、連歌作者として名があった祖父や父たちの名跡を引き継ぎ、雅俗両面で大きな業績を残した。彼の影響下、伊勢の神官層に俳諧の連歌が広まり、江戸時代に入ってから、選集『犬子集《えのこ》』（一六三三）には百名と最多（次いで京都五十一名・堺十九名）入集者を数えるまでに盛んとなった。また、守武の作風に私淑して足繁く伊勢を訪れた西山宗因はやがて談林派を開くことになる。芭蕉へ連なる系譜の祖は宗鑑《そうかん》ではなくて、この守武である。

『守武千句』（一五四〇）で「俳諧とて、みだりにし、笑はせんとばかりはいかん。花《か》実《じつ》（外観と内容）をそなへ、風流にして、しかも一句正しく、さてをかしくあらんやうに……」と戒めた基本理念には宗鑑流の俳諧への厳しい批判がこめられている。

掲出した句は「天文五（一五三六）年春……」と前書きした六十五歳の作で柿衛文庫に真筆短冊が残る。『温故目録』（一六七六）には「元朝や」の形である。

春立《たつ》やにほんめでたき門《かど》の松　　徳元

前句で触れた『犬子集』の巻頭句。「にほん」に二本と日本を掛けた滑稽の句だが、単純な詞芸のよろしさを面白く読めばよいであろう。

斎藤徳元《とくげん》（一五五九〜一六四七）は岐阜生まれ。斎藤道三の外孫の系統に出た戦国武将だったが、変転の末江戸に出て、江戸貞門派の中心人物となった。

となん一つ手紙のはしに雪のこと　　宗因

「となん」と手紙が一旦終わったところで、雪のことを一行端書きする。解釈もこれで終わってよいような実に簡明そうな句だが、『徒然草』三十一段の故事来歴を読み取れないうちは読みは完了しない。

『千宜理記《ちぎりき》』（一六七五）所収。重頼によるこの句集には、芭蕉の最初期の作である

　　文ならぬいろはもかきて火中《かちゅう》哉《かな》

をはじめ、六句が入っている。「いろは」と「色葉」、「書きて」と「掻きて」を掛ける。三十二歳の芭蕉はこんな掛詞に夢中になっていたのだった。「火中」は火にくべる。

　　狼の人に喰《くわ》る丶さむさ哉　嘯山

犬は古くから人類の友だが、食糧難に際しては食用にもなる家畜だった。その風習は今日も中国や朝鮮半島に残っている。狼も犬に類するから、江戸時代までは好んで食べられたのかもしれない。むろん寒さが季題だが、薬喰いからの連想としてもよい。こんな句は風俗の記録としても価値があるだろう。

蕪村に近く居た三宅嘯山《しょうざん》もなかなか面白い男だったと思う。彼の『葎亭《りってい》句集』（一八〇二）は二千余の膨大な句を収めて極めて退屈だが、ときどきこんな愉快な句もある。

＊　＊

立つ年の頭もかたい翁《おきな》かな　宗因

『宗因千句』（延宝元・一六七三年）。寛文四（一六六四）年の辰年にあたっての歳旦吟であろう。「立つ年」に「辰《たつ》年」をかけて、私は体はむろんのこと頭の働きの方も――竜の頭みたいに――硬くなってしまった老人でございますと謙遜している。

翌年は数え年で六十の還暦なのであった。しかし宗因の活躍はこれからで一六七〇年代は彼の率いる談林派の全盛期となるのだった。江戸時代としては稀に見る頑健な人であったといえよう。

この句は伊勢の守武流に立った一人称性で注目される。宗因は

世の中よ蝶々とまれかくもあれ

のような軽口の句などが知られるが、革新性に加え本質的に貞門にはなかった一人称性――俳句の主語は「我」であること――に立っていたのである。この句でも「翁」がもしも他人のことであったなら、大変失礼な句になろう。

年〴〵や猿に着せたる猿の面　芭蕉

毎年毎年、私は猿が猿の面をかぶっているようなものですよ。

猿とは自らを卑しんで言ったもの。我は「夏炉冬扇」を弄んでいるという「能なし」の意識である。

正保元（一六四四）年甲申のサル年生まれであった芭蕉は元禄五（一六九二）年壬申のサル年が去ってゆくとき、歳旦吟としてこの句を作った。売らんがために前もって作る歳旦吟を廃して久しい芭蕉だったが、珍しく無季とも見えるこの句を作ったのも状況を考えるとよくわかる。『薦獅子集』（一六九三）所収。

元日や晴てすゞめのものがたり　　嵐雪

「晴れて」が上下にかかる構造になっているところに妙味があって人口に膾炙した。晴れわたった元日を祝ぐかのように晴れ晴れと雀たちが鳴いていることよ。

大晦日が掛取りの決算日だった江戸時代では、借金を集める方にとっても取りたてられる方にとっても、初日の出には殊更な感慨があったのである。嵐雪などのような借金取りに苦しんだ庶民の立場からすれば、いないふりして息をひそめていたといったところ。師匠の芭蕉から点取俳諧の点者になって点料を取ることを固く禁じられていた嵐雪は貧乏暮しだったにちがいない。

なお太陽暦が採用された明治六（一八七三）年より以前は今日とは異なって、元日は夜が明けて朝の日の出からはじまったのであった。『其袋《そのふくろ》』（嵐雪編・一六九〇）所収で、この年の作だとすると元日は太陽暦では二月九日のことだから、そろそろ暖かくなって雀も囀りはじめたことであろう。

元日や鬼ひしぐ手も膝の上　梅室

桜井梅室《ばいしつ》（一七六九〜一八五二）は幕末の人。金沢藩御用の刀研師の家に生まれたが俳諧に志し、三十六歳で弟に家業を譲り京大坂で地位を確立、江戸に移っても名声をほしいままにし、嘉永五（一八五二）年、八十四歳で没した。

いわゆる月並の大家というレッテルを貼られ、読まれずして片付けられているが、彼は家集作成に際して「自作自撰はいとしにくきものにて、校をふるごとに見劣して、是もかれも省きたし」と言い、句稿の半分以上に墨を引いたという。今日、生涯の句集をまとめるにあたって、その半数を捨て去ることができる俳人はいるだろうか。

元旦の年賀まわり、あるいは奉公人の主人への挨拶。目上を前にして鬼さえも押しつぶせるような厳《いか》つい手を膝に置いて畏まっているさま。『梅室家集』（一八五六）の冒頭に置かれていて、当時としても古風であるが、中興俳諧の流れに位置する秀句であろう。

目出度さもちう位《くれえ》也《なり》おらが春　一茶

「ちゅうくれえ」は信州方言でいい加減ということ。「ちゅうっくれえな人」などとよく使う。これは当てにならない無責任な人の意味。「俺の新春なんぞ目出度さもいい加減なものさ」というのである。「ちう位」であり「中位」ではない。

一茶（一七六三～一八二八）は山口素堂の葛飾派から出た。二代馬光《ばこう》は点取俳諧を批判し、三代素丸《そがん》は芭蕉注釈を書き、馬光の弟子で一茶の師竹阿《ちくあ》（一七一〇～九〇）は遍歴の旅を送っている。彼らの集大成として一茶は現れた。

一茶は十五歳で北信濃の柏原村から江戸へ出て、行方知れず、四十近くなってふらりと戻ってきてたまたま父親の臨終を看取り、以後十年以上も腹違いの弟と遺産相続のごたごたを重ねた末、家を半分に仕切り、小地主として住み着いた……村人から見れば得体の知れぬ寡男《やもめ》だった。そうした村落社会からの孤立の中に居直り、五十にして妻帯、村人に俳諧をひろめようなどとはせず、村の境を越えて北信濃一帯の俳席を指導しつつ、独自な一茶風を深めてゆくのは、この定住以後のことである。方言の摂り入れも、その一つだった。耕作もせずぶらぶらしている彼は村社会からは変わり者の「能なし」で「ちゅうっくれえ」な人と冷たく見られていたのであった。この句はそうした世間の目を逆手にとって、開き直っている。煩悩丸出しの自我の塊。

五十七歳、『おらが春』の冒頭に「門松立てず煤は（掃）かず……ことしの春もあなた任せになんむか（迎）へける」として、この句を記している。「あなた任せ」の「あなた」とは阿弥陀如来で、彼は心底からの浄土真宗信者であった。信仰の世界に心をゆだねた彼には、世間からどう云われようと、年末年始の俗事など「ちゅうっくれえ」にしていれば、いいのであった。

しかしこの年は生まれた長女を亡くす悲惨な年になる。『おらが春』の末尾は「ともかくもあなた任せのとしの暮」だった。なお、一茶が亡くなった文政十年十一月十九日は西暦に換算すると一八二八年一月五日になる。

二月

葱《ねぎ》買《こう》て枯木の中を帰りけり　蕪村

安永六（一七七七）年、作者六十二歳。『蕪村句集』（一七八四）所収。一人称の句としてもいいが、ここに描き出された人物は蕪村自身ではないかも知れぬ。家に待つ家族もいない隠者風の男が落葉した木立の中を数本の葱を提げて帰ってゆくところ。

葱は禅門などで「葷酒《くんしゅ》山門に入るを許さず」と忌まれる「葷」の一つ、精がつくとされる食べ物であれば、枯色の中に青を点じ、一抹の色気も漂うとしていいだろう。この男、まったく枯れ切っているわけではなさそうで、侘しい句だとばっかり鑑賞するのは誤りだろう。

この年の蕪村は、二月には「春風馬堤曲」や「澱河歌《でんがか》」を載せる『夜半楽』を刊行し、また五月には娘を離縁させて家に引き取るなど、身辺多事、悲喜交々。その中で作句においては、生涯で最も充実を示した年であった。

「葱」をネブカと読ませる人もいるが、私は単純にネギと読む方が好きである。あえて字余りにする必要はない。また「買て」はコウテと読む。

江戸へやるうぐひす鳴《なく》や海の上　太祇

船便で上方から江戸へ送り出される鶯たち。よい日和に恵まれて海の上で朗らかにさえずりはじめた。『太祇《たいぎ》句選』（一七七二）。

こんな句を読むと、江戸時代がいかにこころの豊かな時代であったかが想像される。啼鳥も虫も愛玩した。鶯にも方言があって、奈良産のものが上物で、ついで信州の木曽奈良井宿のものというふうにランクができていた。鶯は巣立ちのころ、自分の囀りを子たちに伝える、という。すると、これは奈良地方で捕獲されたものかもしれない。

これは実景を見ての作であろうか。伝聞か。おそらくは後者だろう。

太祇の句は自然詠も人事詠もじつに大らかで、蕪村の親友であった人のこだわりない性格が反映されているようだ。この人がいなかったら、蕪村の句があれほどの豊饒に達することはなかっただろう。明和八（一七七一）年初秋、太祇が六十三歳で亡くなったとき蕪村は五十六歳、翌年蕪村は三宅嘯山とともに故人の膨大な句稿から選句し序文も書いた。

雪分《わく》る我をたとはゞ霞む鬼　乙二

深い残雪を踏み分けてすすんで行く私の姿は譬えて言うならば「霞む鬼」だ……もしも遠く私を眺める人がいたならば、きっと霞の中を行く鬼と思うに違いない、というのである。おそらくは、人影もない険しい山道をたどっているのである。俳諧の鬼と言うのか。凄みのある表現だ。「人に逢たしと思はる、なつかしき句」を作れ、「天下のはいかい師の下手と呼《よば》れよ」との語を遺している。『松窓乙二発句集《しょうそうおつにほっく》』（一八二五）所収。

岩間乙二《おつに》（一七五五〜一八二三）は江戸時代の東北地方を代表する俳人である。白石《しろいし》の寺に生まれて修験の僧であった。加舎白雄《かやしらお》の弟子常世田長翠《とこよだちょうすい》に兄事した。修験者らしい強健な脚で蝦夷地へも渡っている。そして蕪村発句の評釈を行った最初の人でもあった。

＊　＊

雪の中に兎の皮の髭作れ　芭蕉

元禄二（一六八九）年暮れの作。翌年一月十七日万菊丸（杜国《とこく》）に宛てた書簡に「山中の子供と遊ぶ」と前書して「初雪に兎の……」の形で初出する。これは『いつを昔』『去来抄』の形。「山中」は芭蕉において伊賀上野のこと。『おくのほそ道』の旅からふるさとに帰って童心を発露させた句である。

兎の皮でつくられた帽子や半纏を着て、雪の降る中、雪と遊んでいる子供。一緒に嬉々として戯れる作者。雪投げ、雪丸げ。雪つぶてが顔に当たったり、顔面から雪の中に転んだりして、顔にまで雪がいっぱい。鼻の下に髭のように雪をつけた子もいる。もっとやれ、もっと遊べ。ほんとに兎になれや。

去来がこの句に感動すると、芭蕉は越人《えつじん》と去来だけが悦んでくれたと言って「殊更の機嫌」だったという。だが去来も実は解らなかったらしく「機関《からくり》を踏破《ふみやぶ》てしるべし」などと言っている。この句の「作る」は拵えるのではなくて、一心不乱に遊んでいるうちに自然にできることを指すのだろう。句も同じこと。人が分かっても分からなくても、こんな句をぽいと投げ出して知らん顔をしているのが芭蕉のすごいところだ。

病《やむ》僧《そう》の庭はく梅のさかりかな　曾良

風もなく穏やかな梅の日和、冬中病に臥せっていた老僧がひさしぶりに庭に降り立って箒を手にしている。『続猿蓑』（一六九八）所収のこの一句は篤実の人らしい仕上りを見せる。この集は芭蕉の選定になる。

岩波曾良（一六四九〜一七一〇）は苗字の変遷からしても苦労人だった。信濃国上諏訪の高野家に生まれ、母の実家河西家に入り、さらに養父母の岩波姓になった。十代で伊勢国長島の大智院の伯父の下で養われ、二十歳ごろ長島藩に仕えていたが、やがて江戸へ出て吉川《きっかわ》流の神道を学んだ。江戸を焼け出されて甲斐国にいた芭蕉と出会ったと伝えられる。曾良三十五歳。芭蕉四十歳。以後深川で芭蕉の身辺にあって薪水の労を助け、鹿島への旅、はじめ同行者に予定されていた路通《ろつう》が出奔したため急きょ奥州への旅に随行した。晩年幕府の巡見使の随員として九州へ向かい、壱岐島で病没した。そのときの吟が絶句と思われる。

ことし我乞食やめてもつくし哉　　自筆稿

一本に「春に我」とある追善集（『雪まろげ』）が元句である。「つくし」に「筑紫」と「土筆」をかけている。芭蕉も見たかった西国一見のために隠者生活を捨てて一行に加わったのである。

母の実家に伝えられた曾良本『おくのほそ道』やその『随行日記』は三百年後になって大きな功績となった。

淡雪の降《ふり》すがりけり去年《こぞ》の雪　　蓼太

太陰暦の時代では立春以後となれば、残っている雪は去年の雪である。その残雪の上へ春の淡雪が「降りすがっている」という。

春の雪はたちまちに消えるというのが季題の本意だが、この淡雪は残雪に縋りつき、その冷気を受けて、消えるべき定めにあらがっているという感じで今日でも充分新しい。

『蓼太《りょうた》句集』（一七六九）に収める。

＊　＊

にがにがしいつまであらしふきのたう　宗鑑

苦々しいことよ。いつまで嵐が吹きつづけることか。フキノトウが出始めるころとなったのに。

「嵐吹き」に「ふきのたう」をかさね、「にがにがし」を嵐と蕗の薹の両方に及ぼしているのを技の見せどころとした言葉遊びの滑稽であるが、そろそろ蕗の薹の出る頃なのにこんな嵐続きでは摘みにも行けぬ、という内意を読むべき句か。そう読むと、なかなか面白いではないか。

従来の通説、嵐が桜を散らしてしまうというのは季節が全く合わず取れないが、蕗の薹の味が苦いというのは常識的な解釈でつまらないとしても、案外、こうした低い常識の線で作者も読者も面白がっていたのかもしれない。「にがにがしくも尊かりけり……みな人のまゐるやふきのたう供養」彼が選んだ、こんな付合もある。

俳諧の連歌を『犬筑波集』で広めた山崎宗鑑《そうかん》（一五四〇ごろ、七、八十歳代で没）は菜種油の集散地・大山崎に活動の拠点があったということを除いてはいまだ不明なところの多い人物である。確かな真作とされる句も少なく、この句なども同集に無記名で記されているものだが、幸いにも真跡が残った一句である。なお宗鑑は達筆家としても知られていた。

ゆき尽くす江南の春の光かな　貞徳

宗鑑から約百年ほど後に活躍した松永貞徳《ていとく》の句である。戦国時代も終わって江戸の平和が戻った時代になっている。江南はもともとは揚子江の南方であるが、ここでは淀川の南の地、大坂をさす。

目的地である大坂に来てみれば、雪は消え、春の光が満ちている、というのである。「行き尽くす」と「雪尽くす」、「ゆき」に「行き」と「雪」を掛詞とした技巧を使っているが、彼としては比較的素直な作例であり、春らしく伸びやかな句である。

貞門俳諧の始祖貞徳（一五七一〜一六五三）は連歌師松永永種《えいしゅ》の次男として京都に生まれた。祖先は高槻《たかつき》城主であったが、戦乱の世に没落し、父の永種は歌学によって身を立てた。貞徳も幼いころから歌学や古典を学び、連歌は里村紹巴《じょうは》に学んだ。十七歳のとき豊臣秀吉の右筆《ゆうひつ》となり、その文化圏にあって細川幽斎の影響を受けるなど豊かな青年期を送った。関ヶ原の戦いで豊臣家が衰えた後は在野の知識人として私塾を経営し、庶民教育に尽くした。俳諧もその一分野であったが、門下の立圃《りゅうほ》や重頼の企てた俳諧選集『犬子集《えのこ》』（一六三三）の刊行によって貞門俳諧は全国を支配することになる。この句はもう一人の弟子北村季吟《きぎん》の選んだ『山の井』（一六四七）に出る。

むく犬の年と共にや老の春　玄札

戌《いぬ》年のこの春、尨犬のように寄る年波と共に老衰で醜くなった自分であるよ。『徒然草』一五二段「むく犬の浅ましく老いさらぼひ……」を踏まえているのが教養主義の貞徳流である。

高島玄札《げんさつ》（一五九四〜一六七六？）は伊勢山田出身で、江戸にあって斎藤徳元《とくげん》と並ぶ貞門派の有力な指導者になった人である。『知足《ちそく》書留歳旦帖』（一六五八）所収。

＊　　＊

酒のめばいとゞ寝られね夜の雪　芭蕉

夜降る雪を眺めながら酒を飲めば、かえって寝つくことができません。ですがね、夜の雪見酒もなかなか乙《おつ》なものですよ。

「深川雪夜」と前書があり、草庵での貞享三（一六八六）年、四十三歳の作。「ね」という余韻を曳く切字が味わい深い（これが「寝られぬ」と誤って引用されることが多く痛憤の至り）。この先例のない「寝られね」の語法によって、親しい友人に話しかけるかのような、人恋しく優しいニュアンスが生まれた。種々議論のあった語法だが、私は「寝られね（ども）」と読み、「寝られずともよい、夜の雪見もまた佳興よ」との余情に親しむ。

この句に付した「閑居の箴《しん》」に「……月の夜、雪のあしたのみ、友のしたはるゝもわりなしや。物をもいはず、ひとり酒のみて、心にとひ心にかたる……あら物ぐるほしの翁や」とある。

ふつうは昼行われる雪見酒を深夜孤独の雪見酒の風流に転じたのが、この句の面白みである。

路通の編んだ『俳諧勧進牒《かんじんちょう》』ほかに収められる。

ゆく水や何にとゞまる海苔の味　　其角

無常に流れさる川の水なのに、どうやってこの海苔《のり》にこれほどの絶妙な味をとどめているのだろうか。

川海苔を賞味しながらの作と思われる。「ゆく水」は貞門風に『方丈記』の冒頭をふまえてはいるが、全体として其角《きかく》らしからぬ淡々とした、まさに海苔の味、それも川海苔の味わいであり、そのことがこの句の見所ともなっている。

『花摘《はなつみ》』（其角編・一六九〇）ほかに収めるが、前年の暮れ、芭蕉は

何に此師走の市にゆくからす　（一月二日付荷兮《かけい》宛書簡）

と詠っている。同じ「何に」を使っていて、どっちが先か気にかかる。それほど優れた用法なのである。おそらくは才人の其角が早速師の新作に学んだものであろう。

この句は『元禄百人一句』（江水編・一六九一）に採られ、其角の代表作の扱いを受けた。江水は近江の人だから当時の通信・伝播の迅速さに驚かされる。

其角（一六六一〜一七〇七）は榎本氏のち宝井氏。父は近江国堅田出身の医師で江戸に移り住み、其角もその職を継いだ。十四・五歳で芭蕉に入門し、数年後に刊行された『坂東太郎』（一六七九）にすでに三句入集をみた。そのうちの一句は

朝鮮の妹《いも》や摘《つむ》らむ葉人参

といった医家らしい作。まさに早熟の俊才であった。芭蕉は其角を「伊達《だて》を好んで細し」と評している。「伊達」は「わび・さび」とは対極の傾向である。彼は芭蕉死後十三年を生きて四十七歳で没したが、『蕉門名家句集』（集英社版）には千八百二十四句が集め

られている。

春近し寝て見る雪をはしる人　只丸

自分は寝て見ている今朝の雪の上を走ってゆく人もいる。雪見に急いでいるのだろうか。もうじき春になるのだ。

子どものように素直な句柄であるが、雪の消えやすさに春の間近いことを感じ、「走る人」と表現したのが芸であろう。

鴨水只丸《しがん》（一六四〇～一七一二）は京都の真宗高田派の僧で才麿《さいまろ》門であった。これも『元禄百人一句』に出る。

ちらちらと雪にとりつく夜露かな　長翠

硬く氷りついた残雪にチラチラと夜露が取りつく。

残雪ではなく、初雪か新雪と解してもいいだろう。『長翠自筆句集』所収。

常世田長翠《とこよだちょうすい》（一七五〇～一八一三）は白雄《しらお》の一番弟子として春秋庵二世を継承したが、三千人を超える一派を率いる政治力や経営の才がなく、間もなく葛三《かっさん》に譲って流浪し、晩年は、東北の酒田港に流れつき辺境の地にあって孤独のうちに中興俳諧の蕉風を細く鋭く継承した作家であった。

＊　＊

雪ながら山本かすむ夕べかな　宗祇

ここには雪がちらつきながら、山の麓には霞がたちこめている美しい夕暮れであることよ。

山崎の後鳥羽上皇の離宮跡で弟子の宗長《そうちょう》・肖柏《しょうはく》と巻いた「水無瀬《みなせ》三吟百韻」（一四八八）の名高い発句で飯尾宗祇《そうぎ》（一五〇二・八十二歳没）、六十七歳の吟。

見渡せば山本かすむ水無瀬川夕べは秋となにおもひけむ

を本歌とし「貴方が歌われたように確かにここは秋に劣らぬ素晴らしい夕景色ですね」と鎌倉時代の後鳥羽上皇へはるかな挨拶を贈ったのである。この山は天王山で三百メートル足らずの低い山だが、麓には桂川・淀川・木津川が合流する景色がひらけている。大らかに眼前の景と眼下の景を詠った句であるが、「雪ながら」を山頂の残雪とする解釈もあり、ふくみのある表現である。

〈行く水とほく梅にほふさと〉が肖柏の脇句。

月いづく空はかすみのひかりかな　肖柏

月はどこにあるのだろうか。霞の空がぼんやりと明るいあたりか、という。夜の朧月か有明の月かと、思わせるところに発句としてのひろがりがある。

肖柏《しょうはく》（一四四三〜一五二七）は貴族の子で十代にして隠遁、古典学を修めた。三十歳ころから宗祇に師事し、池田（現・大阪府池田市）に庵を結び、京都との間を往復している。「水無瀬《みなせ》三吟百韻」「湯山《ゆのやま》三吟百韻」が名高い。

晩年は応仁文明の戦乱を逃れて境（現・大阪府堺市）港に移住、その地で八十五歳の高齢まで生きた。この句は師の宗祇を助けて編纂に関わった『新撰菟玖波《つくば》集』（一四九五）に収める。

野馬《かげろう》に子共《こども》あそばす狐哉　凡兆

夜行性の狐にも子育ての時期にはこうした平和な光景も見られる。かげろうが幻想の童話的な世界に誘う。自然詠の高さを示す『猿蓑』（一六九一）の秀句。

「野馬」は『荘子』にあり、当時の俳人たちの読書傾向がわかる。この特殊な用字によって一句の中に草原がひらけてくる効果がある。

其《その》春の石ともならず木曾の馬　乙州

「木曾塚」と前書した大津の義仲寺での吟。「其春」は寿永三（一一八四）年の昔、一月二十一日、義仲の愛馬鬼葦毛は主人と共に斃れたが墓もなく、石馬（石製の馬）となって主人を護ることもできなかった。前書を必要としていて弱いが、「其春」はずいぶん飛躍した表現である。河合乙州《かわいおとくに》（一六八一～一七二〇）は近江の人。はじめ尚白《しょうはく》に学び、芭蕉の門人となった。師の芭蕉が義仲へ寄せる思いを汲んだ句でもあり、『猿蓑』に入集している。

待春や氷にまじる塵《ちり》芥《あくた》　智月

氷に閉じ込められた塵芥も春を待ち焦がれている。平明な句だ。上五は、「はるまつや」と読むのだろうか。あるいは「たいしゅんや」と読んだのかもしれない。『すみだはら』所収。

智月《ちげつ》（一六三三～一七一八）は乙州の姉で、蕉門を代表する女流俳人であった。山城国に生まれ、宮仕えの経歴もあったと伝えられ、大津の荷問屋に嫁したが夫の死後尼となって弟を養子とした。姉弟は芭蕉に心尽くして仕え、芭蕉は自筆の『幻住庵記』を贈っている。

三月

春の水所《ところ》〴〵《どころ》に見ゆるかな　鬼貫

元禄三（一六九〇）年五月に出板された自選集『大悟物狂《たいごものぐるい》』にあって、この年鬼貫（一六六一〜一七三八）は数えで三十歳であった。その後自選他選の各種句集に出て、彼の代表的作品となったもの。彼は貞享二（一六八五）年二十五歳のときに「まことの外に俳諧なし」と悟って「狂句作意」の談林派を抜け出したというが、それから数年後にこの句は作られている。

簡略平明で大ぶり、悠揚たる句柄で、そのことから、この句に詠われた「ところどころに見ゆる」水が庭隅に残ったたちまちました水溜りなどではなく、高所から大景を俯瞰して見られた河筋や湖沼であることがはっきりしている。こういう句があって、

菜の花や淀も桂も忘れ水　言水

春の水山なき国を流れけり　蕪村

が作られ得たと言ってよいだろう。言水《ごんすい》の句は元禄十三（一七〇〇）年、「東山の亭にて」と前書があって、淀川も桂川も忘れ水のようだという。

蕪村の句は明和六（一七六九）年作、『蕪村句集』に洩れている。

旅人の窓よりのぞくひゐ（ひ）なかな　白雄

街道の格子窓であろう。部屋に飾られた雛段を旅人が覗いて行く。華やぎとわびしさの入り交じった情緒がある。『しら雄く集』にあって、作年不詳だが、配列からすれば、晩年の作か。生涯、家族を持たなかった人の句として味わいが深い。この旅人はほとんど作者自身であるが、雛の飾られた部屋に居て窓から覗く旅人を見たとも、旅人である作者が前を行く旅人の動作を見ているとも取れ、発句としての奥行きがある。

加舎白雄（一七三八〜九一）は上田藩の深川藩邸に生れたが、十代で藩を放逐され寺に入るなど、過酷で複雑な経歴を経て俳諧の世界に救われた。点取の娯楽に堕落した江戸座を厳しく批判した稲津祇空《ぎくう》に共鳴した五色墨派の白井鳥酔を師とし、やがて江戸に春秋庵をひらき中興俳句運動の主要な作家となった。

狼に夜はふまれてはなすみれ　成美

夜は狼に踏まれるスミレの花。華麗にして無惨なイメージ。もしくは豪宕《ごうとう》な、というべきか。

夏目成美《せいび》（一七四九〜一八一六）は浅草蔵前の富裕な札差であった。伯父祇明と父宗成が稲津祇空《ぎくう》に私淑して蕉風復古の先駆けとなる運動を起こした四時観《しいじかん》派の俳人であったので早くから俳諧に親しんだ。

四時観派は娯楽的な点取り俳諧の流行に荒らされた世にあって、芭蕉の精神を復活させようとした先駆者たちであった。その雰囲気に囲まれて育った彼も同じ精神に生きた。一派をなすことなく、広く中興俳諧運動の俳人たちと交わり清雅な句を残し『成美家集』（一八一六）にまとめられた。また一茶を庇護した人としても知られる。

経済的には恵まれていたが、十八にしてリュウマチを患い、右足が不自由になった。その境涯を思うと「踏まれて」の一語にも思いが籠る。スミレは可憐な遊女の暗喩という通俗に接した解釈も可能であろう。たとえそうだとしても句の価値は変わらない。

＊　＊

麦蒔《まい》て通ふ島あり夕霞　太祇

瀬戸内あたりだろうか。海原の中に小島がかすみ、夕凪のなか小舟がこちらへ漕いでくる。あれは島の畑から帰ってくる舟。無人の島に麦を作っているのだ。海辺の農漁村の生活をおおらかに描きだしている。

炭太祇《たんたいぎ》（一七〇九〜七一）は蕉風に憑かれた俳諧の鬼であった。江戸に生まれて江戸座の点者となったがあきたらず、四十歳ころ水語から太祇へと改号、諸国遊歴のあと京都の島原遊郭に女たちの手習いの師匠となって暮らした。俳諧の弟子は押しかけの一人を除いて、取らなかった。彼を蕉風に目覚めさせたのは稲津祇空《ぎくう》の影響であった。太祇の号も祇空の一字を取ったのであろう。やがて京都で蕪村という年下の親友を得、また伊丹の鬼貫の存在を知り、その顕彰に努めたりした。

この句を収める『俳諧新選』（一七七三）は、はじめ太祇と嘯山の共選として計画されたが、太祇が亡くなったために嘯山によって京都の作者を中心に選ばれた。この句集に並んでいる

ふりむけば灯とぼす関や夕がすみ

は『太祇句選』に採られたが、これは採られていない。動詞が多く、叙述的なためと考えられるが、「麦蒔いて」というゆったりした表現がいい。ともに太祇四十代初期の作と思われ、こうした大景を描いた叙景句が蕪村に影響を与えたと思われる。諸家は蕪村の絵画的な大景を描いた句を画家という職業柄とするが、作句においては先行する作品に学ぶほかはない。

燕《つばくら》やなき二《ふた》親の思はる、　嘯山

三宅嘯山《みやけしょうざん》（一七一八～一八〇一）は京都の質商。漢詩はもとより中国白話にまで通じ、読本《よみほん》も出すなど広い教養の持ち主であった。俳諧は巴人《はじん》の弟子宋屋《そうおく》に学んだ。巴人が蕪村の師であることから京都へ蕪村を迎える下地をつくり、やがて蕪村たちの三菓社句会にも出席している。

仲春、渡ってきた燕たちは泥をこねて古巣を修理し子供を育てはじめる。その親たちの労苦の営みを眺めつつ、いまは亡い両親のことが思い出されるというのである。燕から亡き双親への思いの飛躍がなかなかいいではないか。

五月雨や親の建《たて》たる家の内　『葎亭句集』

という句もある。ともに温和な人柄を表していよう。『俳諧新選』所収。

雨風のあらきひまより初桜　樗良

桜の咲くころは「ハナニアラシノタトヘモアルゾ」（井伏鱒二）の言葉どおり気象変化が激しく、雨の日、風の日も多い。その荒れすさぶ雨風の隙間に初花が咲き出したという。中七が緊密な表現である。

志摩国鳥羽藩士の家に生まれた三浦樗良《ちょら》（一七二九～八〇）だが、武士身分を失い波乱の人生を送った。十代で伊勢山田に移り、俳諧を貞門系とされる紀伊長島の百雄に学んだが、蕉風復古に志し山田市中に無為庵を結んだ。しかし事あって出奔、江戸など各地を放浪ののち帰郷した。やがて京の蕪村一派と交流して、

嵐吹く草の中よりけふの月

を蕪村に絶賛された。晩年は京都木屋町に住んだ。中興俳諧名手の一人である。ともに『樗良発句集』（一七八四）所収。

＊　＊

麦めしにやつるゝ恋か猫の妻　　芭蕉

「田家《でんか》に有《あり》て」と前書。乏しい麦飯に痩せこけた雌猫よ。そのうえ恋までしてやつれているのか。

田舎宿に泊まって自分も麦飯を食っているのであろう。そこへふっと現れた朝帰りの飼い猫ががつがつと朝飯のおこぼれにあずかっている。そんな作句状況が想像される。元禄四（一六九一）年、四十八歳の作で『猿蓑』に収められた。

この年の三月九日、芭蕉は去来に宛てた書簡で

うらやまし思ひ切るとき猫の恋　　越人

を絶賛している。以下読み下し。「越人が猫の句、驚き入り候。初めて彼が秀作承り候。……姿は聊《いささ》かひがみたる所も候へども、心は高遠にして無窮の境に遊ばしめ、賢愚の人共《ども》に教へたるものなるべし。……常人はこれを知らずして俳諧をいやしき事におもふべしと口惜《くちお》しく候」

越人の句を読んだときから芭蕉はこれを凌ぐ恋猫の句をこころざし『猿蓑』入集を目指したのに違いなく、芭蕉の自信作である。「か」が絶妙。〈恋猫の皿舐めてすぐ鳴きにゆく　楸邨〉はこれに次ぐシーン。

桃さかば雛《ひいな》に似たる人や来《こ》ん　乙州

桃の花が咲いたら、雛人形に似た美しい人が訪ねてくることであろう。

雛はお雛さまだが、単独で内裏雛一対のうちの、ことに皇后をかたどった雛をさして使われている。なんと優しく可憐な心根の句であろうか。

河合乙州《かわいおとくに》は蕉門で園女《そのめ》と並ぶ女流作家となった智月の弟である。智月は近江国大津の荷問屋に嫁いだが子がなく、乙州を養子として家業を継がせた。篤実な人柄の彼は姉に

従って経済的にも芭蕉に尽した。妻の荷月も俳諧をたしなみ、芭蕉の亡骸は智月と荷月の縫った浄衣につつまれたのであった。この句は『俳諧勧進牒《かんじんちょう》』（一六九一）に載る。

歌書よりも軍書にかなし吉野山　　支考

桜で名高い吉野山は歌書によって伝えられる和歌の数々よりも『太平記』などの軍記物に伝えられる南朝滅亡の哀話において、一層あわれ深い。

おそらくこの無季の句が蕉門の理論家として知られる支考の代表作であろう。「名所」には無季が許されてよいとする立場に立っての句である。芭蕉にも

歩行《かち》ならば杖つき坂を落馬哉

あさよさを誰《たれ》まつしまぞ片ごゝろ

の作例がある。

宝永七（一七一〇）年三月、吉野の花を訪ねての作とされるが、それに先立って冬の美濃の草庵で作られ吉野で披露されたものと伝えるもの（『芭蕉翁頭陀物語』）もあり、この演出が彼らしく、これがおそらく真実なのであろう。『俳諧古今抄』（一七一二）所収。『梅のわかれ』では「歌書よりは」の形。「は」は理が勝り「も」の方が素直でよい。

各務支考《かがみしこう》（一六六五〜一七三一）は美濃の人。十九歳で禅寺を出て、元禄三年以降芭

蕉に随従、師の没後に本格的な活動を始めた。難解さをもて遊ぶ江戸座に対抗して「俗談平話」の美濃風を地方に広め、それがやがて中興俳諧へつながってゆくことになる。

＊　＊

闇の夜や巣をまどはして鳴《なく》衛《ちどり》　芭蕉

敵に襲われる危険の少ない闇夜でありながら、千鳥は巣の在り処を知られないように、わざわざ巣から離れたところで惑わし鳴きをしている。「夕されば佐保の川原の川霧に友まどはせる千鳥鳴くなり　紀友則」を敷いているのであろうが、「友」をまどわすと「巣」をまどわすは全く異なる興趣を展開している。

古来「まどはして」についての解釈は、巣を「見失って」とする説（江戸期の『蒙引』から）と「惑わして」とする説（内藤鳴雪）に分かれてきたが、千鳥が巣を見失うことはない。「見失い」説は人間の視力でものを考えていたに過ぎない誤りである。また千鳥は冬季だが、日本で普通に見られるコチドリ、イカルチドリ、シロチドリなど、いずれも繁殖期は仲春から夏にかけてで、この句の季題は「鳥の巣」（春季）である。

雲雀などが巣から離れて降りることはよく知られているが、千鳥などについての知識を芭蕉はどこから得ていたのであろうか。おそらく実際の観察によるほかはないであろう。『猿蓑』所収の四十八歳の作である。

明《あけ》ぼのやすみれかたぶく土龍《もぐらもち》　凡兆

しらじらと夜の明けかかるころ、土が動いて菫の花を傾けた。モグラが動きまわっている。

尾張国鳴海宿の知足《ちそく》・蝶羽父子の編集になった『千鳥掛』（一七一六?）に収める。この句はおそらく晩年の作ではなく『猿蓑』期か。「眼前なるは」の作風であり、切れの鋭さもそう感じさせる。この時期、芭蕉一門は自然観照へ向かっていた。そこに談林派を克服する蕉風の原点の一つがあった。

鶯に物もいひたき初音かな　風律

鶯の初音を聞きながら、褒め言葉の一つも贈りたいものよ、というのである。いささか風流めかしているが嫌みはない。鶯にものを言いかけたいという発想に新味があるからであろう。

風律《ふうりつ》（一六九八〜一七八一）は安芸国広島の漆器商で野坡《やば》門。野坡は商用で長崎に滞在したのを機縁に九州・西国地方に蕉風を伝える第一人者となった。野坡から風律が聞書きした『小ばなし』（一七五六）に、寿貞は芭蕉の若き日の妾であったという貴重な伝えも残された。『窓の春』（一七五六）所収。

鶯の声白梅か紅梅か　青蘿

鶯の声がしているのは白梅の木からか、紅梅の木からか、というのである。
松岡青蘿《せいら》（一七四〇〜九二）は姫路藩士の出身。藩を追われて諸国を遍歴した後、生国播磨の加古川に庵を結び、中興俳諧の諸作家と交流した気鋭の俊才で、秀句が多い。この句なども時代を超えて〈白梅のあと紅梅の深空あり　龍太〉などと呼び交す。「梅に鶯」という常套に敢えて挑戦しているのであり、七・五・五の句またがりの叙法も当時は新鮮であった。『青蘿発句集』（一七九七）所収。

菫摘めばちひさな春のこころかな　暁台

小さな菫を摘んでいると、私にも小さな春の心が芽生えてきた。
『暁台《きょうたい》句集』（一八〇九）の片隅にはこんな可憐な句もある。
サトウハチローの童謡「ちいさい秋みつけた」の先蹤だろうか。

＊　＊

餞乙州東武行

梅若菜まりこの宿《しゅく》のとろゝ汁　芭蕉

元禄四（一六九一）年一月の上旬、乙州《おとくに》が江戸へ赴くとき餞別として贈った句である。大津で送別の俳席が持たれ、凡兆・去来・乙州の姉智月らも出席した。この発句に乙州は〈かさ（笠）あたらしき春の曙〉と脇を付けている。『猿蓑』に収める。

『三冊子』に「工《たく》みて云《いえ》る句にあらず。ふといひて、宜《よろ》しと跡（後）にてしりたる句也。かくのごとくの句はまたせんとはい、がたし（技巧を凝らした句ではない。ふと口に出て、後から面白いと知った句だ。こんな句はまた作ろうとしても出来ないだろう）」と芭蕉が語ったと土芳《どほう》は記している。土芳はつづけて「梅若菜と興じて、鞠子《まりこ》の宿には、と飛躍して成功した句だ」と言っているが、この句の評はこれに尽きている。道中には梅も咲き若菜も萌え、丸子《まりこ》の宿《しゅく》には旨いとろろ汁も待っているだろう、楽しみだね。

上方から行けば岡部宿から葛の細道の急坂を下ったところが丸子の宿で、いまも麦飯にとろろ汁を食べさせる店が残っている。東海道をはじめて旅する若者に対し先達とし

て、祝意をこめたアドバイスを贈る見事な句だ。「梅若菜」の出だしには

梅柳さぞ若《わか》衆《しゅ》哉《かな》女かな　芭蕉（『武蔵曲』）

という往年の作がちらついている。これは三十九歳のときの句で、梅を衆道の対象である若衆に、柳を若い女に見立てた艶やかで奔放な句である。これから九年の歳月を経ている。

ついでながら私も信州上田市の丸子に住む。丸子の地名は各地にあり、上代の土器製作に関係するともいう。

我《わが》事《こと》と鯲《どじょう》のにげし根《ね》芹《ぜり》哉《かな》　丈草

芹採りがやってきて泥けむりを上げている。てっきり自分を捕りにきたのだと勘違いしてドジョウが逃げ出した。「根芹かな」という収め方が絶妙。これほど簡潔な形にはなかなかゆかない。高朗にして俳諧味あふれる秀句である。こんな句が現代にも欲しい。

北国では芹は二月から三月にかけて田圃の畦で根っこごと摘む陸芹《おかぜり》である。この「根芹」は摘んだものを流れで洗っているのかもしれない。茹でると褐色だった葉がさっと緑に変る。数ある山菜のうちでももっとも旨いものの一つだろう。『猿蓑』所収。

しら梅の枯木にもどる月夜哉　　蕪村

ちらほら咲き始めた白梅の木も月光の下では花は見えずに、すっかり元の枯木に戻ってしまっている。

何気ないが鋭い観察が光る。『蕪村句集』所収の明和七（一七七〇）年、五十五歳の作。

山寺や誰も参らぬねはん像　　樗良

山の寺を訪ねると他に参詣人もなくひっそりしている。本堂に入ると、一幅の涅槃絵が掲げられていた。今日は釈迦入滅の日なのだ。こんな山中でも怠りなく行事を守っている住職がゆかしい。

省略の見事な句で、それにより麗らかな春の一日、心ゆくまで涅槃図に見入っている作者の姿が彷彿とする。『我庵《わがいお》』（一七六七）に出る。「ねはん像」を文字通り彫像とみるのも一興だろう。

四月

天も花に酔へるか雲の乱れ足　立圃

われわれが花見酒に酔っているように「天」も花に酔ってしまったのか。雲足が乱れているよ。

野々口立圃《りゅうほ》（一五九五～一六六九）は京都に生まれ、雛人形の細工師であった。連歌を学んだのち俳諧に転じた。芭蕉より半世紀ほど前に生まれた人である。この句を収める『犬子集《えのこ》』は十七世紀を風靡した貞門俳諧の代表的選集であり、立圃は第一の作者であった。

『和漢朗詠集』の「天ノ花ニ酔ヘルハ桃李ノ盛ンナルナリ」（菅原道真）に発し、謡曲『大江山』の「猶々めぐる盃の、度重なれば有明の天も花に酔へりや、足もとはよろよろと、ただよふか、いざよふか」を踏まえている。こうした作り方を本説取りというが、独立した句としても読めないわけではない。

こんな句を置いて、

花の雲鐘は上野か浅草歟《か》　芭蕉（『続虚栗』）

などを味わってみるのも一興だろう。「草庵」の前書があって、深川での芭蕉四十四歳の詠。しかし両者の間には大きな隔たりがある。前者の故事来歴を詰め込んだ重くれた句作りに対して、後者は眼前の景のみを詠じて軽やかな発想である。

大はらや蝶のでゝ舞ふ朧月　丈草

二十七歳の内藤丈草《じょうそう》（一六六二～一七〇四）が『おくのほそ道』行脚を終えて京の落《らく》柿舎《ししゃ》に滞在中の芭蕉を訪ねて入門したのは元禄二（一六八九）年の暮れ。それから『猿蓑』が出版されるまで一年半ほど。彼はたちまち鋭鋒を現し、ここに十二句も入集し、跋文も書いた。既にして名人と認められていたのである。この句は『猿蓑』には間に合わなかったが、その年、加賀から上洛した句空と大原の里を訪れての作と推定されている。

暗くなってから蝶が舞うかどうか、疑問が出されたが、「でゝ」という言葉に真実感がある。ほんとうに蝶を見たのでなければ言えない表現だ。山に囲まれた窪地で、あたたかな朧月の光に誘われるように蝶が舞い出た……。

広い原っぱ、朧月に舞う蝶。そう読んでから改めて、ここは大原なのだ――あの悲運な生涯を封じ込められた女人の眠る里であったと、はるかな『平家物語』の世界が紡ぎ出されてゆく。そんな行きて帰る発句の構造が、鮮やかに示されている句だ。そのためにも「大はら」という表記の曖昧さが効果的だろう。『北の山』（一六九二）の形である。

ゆくはるは麦にかくれて仕廻《しまい》けり　青蘿

中興俳諧の時代になると蕉風はさまざまに変奏される。この句などは

行春にわかの浦にて追付たり　芭蕉

から発しているに違いない。ともに形なき行く春を擬人化によって形とし、追い付いたり、麦の丈に隠れさせてしまったりしている。

春をしむ人や榎《えのき》にかくれけり　蕪村

とどちらが先だろう。句としては青蘿が上だろうか。松岡青蘿は姫路藩の出。『青蘿発句集』に収める。

＊　＊

落花枝にかへるとみしは胡蝶かな　武在

古来〈落花枝に帰ると見れば胡蝶かな〉が荒木田守武の作として名高い。二十世紀の北米詩人エズラ・パウンドがこの句を上げて重置法——一つの観念を他の観念に重ねる——を説いたことで海外にも知られることになった句である。しかし、掲出した句は守

武の句ではない。おそらく「……見れば胡蝶かな」の句も守武の句ではなく「……みしは胡蝶かな」の誤伝である。「……見れば」は機知の浮き出した句であるのに対し、「……みしは」の方が素直な表現である。「落花枝にかへると」は『景徳伝灯録』（一〇〇四年、宋の道原の著）にある「破鏡重ネテ照サズ、落花枝ニ上リ難シ」に拠る『八島』（義経関連の謡曲）の一節「落花枝にかへらず、破鏡再び照さず」を踏まえて作られたもの。

散った花びらは枝に帰れないのに、枝に帰るのを見たと意外なことを言った後、確かめてみるとそれは蝶が枝にとまったのだった、という答えを出しているのである。こういう頓知問答のような理屈でわかる句は初心者や他国の人たちに持てはやされる。その点で誤伝された形の方がより大衆に分かりやすくなっている。

この荒木田武在《たけあり》（生没年未詳）の句は『伊勢躍音頭集《おどりおんどしゅう》』（一六七四）にあり、守武の句は『菊のちり』（一七〇六）にある。乾裕幸が言うように、武在も荒木田守武と同姓であり、同じ伊勢の神官であったために誤られたのであろう。

雲英末雄の教示によれば、貞門・談林の選集から集成された『詞林金玉集』（一六七九）に「落花枝にかへる」の類似句として、

落花枝にかへりて咲《さく》や木々の雪　　吉満

落花枝にかへせもどせよ花軍《いくさ》　　延貞

落花枝にかへり新参か遅桜　氏之

落花枝にかへすは風の手柄哉　英信

があり、順番に『毛吹草』（一六四五）、『毛吹草追加』（一六四七）、『佐夜中山集』（一六六四）、『如意宝珠』（一六七四）が出典であるという。こうしてみると謡曲『八島』を典拠に盛んに作られ、その中から武在の一句が生き残って、人々に伝承されるうちに「帰ると見れば」となり、作者も百年以上も昔の高名な守武にすり変わっていった過程が見えるような気がする。ともかく貞門時代の秀作ではある。

小酒屋の皿に春行くたまごかな　長翠

店先に縁台を出している街道沿いの茶店か。茹で卵などを食べて道行く人や茂ってきた柳などを眺めながら休んでいる。あるいは小酒屋で銚子も一本とっているのか。「皿に春行く」という軽やかな運びが実に見事。皿に晩春の卵の影がさしている。貞門・談林の時代は古典や謡曲から言葉を借りたり掛詞を多用するなど、読む方にも教養が必要だったが、芭蕉を経て、蕉風復古の中興俳諧の時代になると、この句のような素直な句になった。

常世田《とこよだ》長翠《ちょうすい》は下総国匝瑳《そうさ》郡の出身。加舎白雄第一の弟子となり、白雄の死後春秋庵を継いだが三年ほどで人に譲って流浪し、晩年は出羽の国に送った。この句は酒田市の光丘図書館所蔵の『長翠自筆句集』（未刊）に収められている。

＊　＊

鐘消《きえ》て花の香は撞《ツク》夕哉　芭蕉

一読、不思議な感じがする。「鐘（の音）は消えて花の香は撞いている」ということは有り得ないことだからである。私はこの句を北欧の作曲家アルボ・ペルトの曲集に付された彼の文章で読み、こうした句が異国の人には新鮮なのだと思った。漢詩に学んだ倒置法である。

『新撰都曲《みやこぶり》』（一六九〇）に

結ぶより早《はや》歯にひゞく泉かな　芭蕉
声すみて北斗にひゞく砧哉　〃

などと共に採録されている。この書が言水の編ということを考えると、彼と芭蕉の交遊があった延宝末か天和はじめの作と思われる。書き留めてあった芭蕉の作品を取り出したものであろう。

三十歳代も終りにさしかかっていた芭蕉は、談林末期の漢詩文調の作品を試みていた。

櫓の声波ヲうつて腸氷ル夜やなみだ

髭風ヲ吹て暮秋歎ズルハ誰ガ子ゾ

といった句が詠まれた頃で、これは「波をうつ櫓の音に腸《はらわた》も凍る夜、涙している」「髭を風になびかせて、暮秋を歎いているのは誰か」の意味で、いずれも言葉を置き換えた意外性によって深い味わいに達している。

掲出の句も「鐘撞いて花の香消える夕かな」の動詞を入れ替えることによって俳趣を得、不思議な効果を生んでいる。この句は心敬《しんけい》の

人は散り花は風吹くゆふべかな　（『芝草句内発句』）

などに学んでいると思われる。形もよく似ている。また、松江重頼の

やあしばらく花に対して鐘つく事

も、影響しているか。『貞徳誹諧記』（一六六三？）に独吟百韻の発句として出るこの句は重頼選『佐夜中山集』（一六六四）にもあり、ここには宗房と号していた芭蕉最初期の二句が収められているのだから、必ずや若き宗房が愛読した句集であり、馴染みの作品であっただろう。試行途上にあって熟していないが、面白い句だ。

春の海終日《(ひめもす／ひねもす)》のたり〳〵哉　蕪村

春の海が日もすがらノタリノタリ。それを見ている自分も為すこともなくのんべんだらりん。「のたり〳〵」が俳言であり、そこに諧謔がある。

京都に定住する前の丹後時代の作と思われ、そのころまでの彼は絵師としても俳諧師としても殆ど仕事がなく、やるせない流浪の日々を送っていたのであった。しかし、この句が三宅嘯山編『俳諧古選』（一七六三）に出て、蕪村（一七一六～八四）は京都俳壇に登場した。彼が世に認められた最初の句であり、代表作にもなった。蕪村四十九歳のときのことである。

行く春や海を見て居る鴉の子　諸九尼

諸九尼《しょきゅうに》（一七一四～八一）は筑後の久留米藩領に庄屋の娘永松なみとして生まれ庄屋の家に嫁したが、二十九歳のとき野坡《やば》の高弟浮風《ふふう》（湖白）と駆落ちし、やがて京都の千鳥庵に住んで蝶夢《ちょうむ》らと交遊し、夫の死後尼となった。漂泊の旅を愛し、中国地方から筑紫、晩年は奥の細道まで旅し、夫の故地福岡藩直方に死んだ。この時代、俳諧で自立した女性として稀な人であった。近年、金森敦子氏によって伝記『江戸の女俳諧師「奥の細道」を行く』（晶文社・一九九八）が書かれている。

遠くを憧れるように海を見ている烏の子、「行く春」の季語が確かに据わっている晩年の句。『諸九尼句集』（一七八六）所収。

＊　＊

蛇之助《じゃのすけ》がうらみの鐘や花の暮　常矩

「蛇之助」とはウワバミ級の飲兵衛のこと。花の下で昼日中から飲みはじめたが、まだまだ飲み足りない。それなのに早やも夕暮れを告げる鐘の音が響いて、なんとも恨めしい。

蛇と言い鐘と言えば、安珍と清姫の伝説を思わない人はなかった時代だから、そのことも掛けているに違いなく、蛇と化した清姫が鐘に巻き付いているイメージが酒樽を抱かんばかりの姿態に通ずるといった、いかにも談林派らしい奔放な作だ。

田中常矩《つねのり》（一六四三〜八二）は京都の人。はじめ貞門の季吟門、のち宗因風に転じて「洛（京都）の談林は大方常矩が門人」とまで名声を博した。彼の死後蕉門に入った尚白や許六《きょりく》も常矩の門下であった。大酒飲みで知られ、

たましゐ《ひ》を盗まれにゆく花見哉

といった句も単なる花見好きということではなさそうで、飲み過ぎからか、四十歳の若さで亡くなってしまった。この句は『蛇之助五百韻』（一六七七）の発句で、「蛇之助常矩」と渾名されるまでに一世を風靡した句である。表記は同年刊の『𢿙帚』による。彼の句は雲英末雄編『貞門談林諸家句集』（一九七一）に集成されている。

富士に傍《ソウ》て三月七日八日かな　信徳

伊藤信徳《しんとく》（一六三三〜九八）も京都の富裕な町人。貞門から談林派に移り、江戸で芭蕉や素堂と交流して『江戸三唫』（一六七八）を刊行したりして、常矩亡き後の京都俳壇の重鎮となった。

この句は『一楼賦』（一六八五）に「旅行」と前書きして収める。仕事で往復した東海道中のありのままを句にしたと思われ、

月十四日今宵三十九の童部《わらべ》　芭蕉

に強い影響を受けたものであろうと推測される。芭蕉がこの句を作ったのは天和二（一六八二）年、高山麋塒《びじ》主催の月見の宴で、素堂・信徳も同席していた。芭蕉の新境地というべき状況に忠実な作風を敏感に模したのであろう。

骸骨のうへを粧《よそ》うて花見かな　鬼貫

現象の底に本質を見据えようとするまことに鬼貫らしい句である。みんな骸骨の上に着飾って花見に浮かれている。これは太祇が編纂した『鬼貫句選』の形で『仏兄七久留万《さとえななくるま》』の享保三（一七一八）年の条に「上を粧ひて」と出ていて、鬼貫五十八歳の作である。

雁《かり》はまだ落ちついてゐるにお帰りか　大江丸

雁だってまだ帰らないでいるのに、君はもうお帰りなのかい。

大江丸（一七二二～一八〇五）は大坂生まれ。飛脚問屋を営み江戸にも店を構えた豪商。談林派を経て蓼太門となり、広く中興俳諧の諸家と交わったが、師友たちが世を去ったのち、

秋来ぬと目にさや豆のふとりかな

のような軽妙洒脱な俳風に至り、西国行脚中の一茶にも影響を与えた。

この句は『はいかい袋』に収められた寛政十（一七九八）年三月作。「一茶の東《あづま》へかへるを」と前書きする。大江丸は七十七歳、無名の一茶は三十六歳。心こもった送別吟の傑作である。

＊　＊

さそひても花をおもはぬあらしかな　救　済

「誘ひても花を思はぬ嵐かな」。一緒に行かないか、と誘っておきながら、自分が散らしてしまった花のことなど少しも思ってはいない無情な嵐よ。

救済《きゅうぜい》（一二八二～一三七八・きゅうせい、ぐさい、とも）は鎌倉時代、二度目の蒙古襲来・弘安の役の翌年に生まれ、幕府滅亡から南北朝の戦乱を経て室町幕府が安定するまでの百年近くを生きた庶民（地下《じげ》）の連歌師であった。彼は七十歳のころ弟子であった関白左大臣二条良基に協力して『菟玖波集《つくばしゅう》』（一三五六）を編んだ。これが準勅撰となり、これによって連歌という文芸が和歌に次ぐ社会的地位を承認されたのであった。

この句はその『菟玖波集』にある。貴族（堂上）たちの連歌ではあり得ない俳諧性をもった発想であり、こんな句を俳諧の歴史の発端に置いてみるのはどうであろうか。私の思いにあるのは救済→心敬→宗祇→守武→宗因→芭蕉という系譜である。

この「嵐」は寓意性がゆたかで、『梁塵秘抄』以来の歌謡、近くはシャンソンなどにも登場する伊達男の風情であり、まことに洒落《しゃれ》ている。

花は芳野伽藍一を木の間哉　重頼

「花は芳野《よしの》、伽藍《がらん》一つを木の間かな」と読む。桜はなんといっても吉野山だ。咲き盛る花の中に埋もれるように伽藍が一つ。いい眺めよ。
松江重頼《しげより》の略伝は既に述べたが、西山宗因を俳諧の世界へ誘い入れ、終生の友人となった人。本歌取り、本説取り＝物語などを取り込んで詠む貞門派の方法を打ちたて、談林派へと俳諧の歴史を動かした。『藤枝集《ふじえだ》』所収。この晩年の自筆句集では眼前のものを素直に詠う作風に転じている。豪放磊落な筆致も素晴らしい。

ちからなき旅して花に墓参　白雄

死の前年、兄の七年忌に故郷の信州上田へ杖をひいた五十三歳、一七九〇年の作である。白雄《しらお》は十代で父母を失い、たった一人の兄が親代りだった。旅を重ねる生涯であったが、江戸から碓氷峠を越える老年の旅はさぞこたえたのであろう。これは芭蕉の「家はみな杖にしら髪の墓参」を念頭に置きつつ、独自な表現に達している。彼は

人恋し灯ともしころをさくらちる
薄氷雨ほち〱と透すなり

くらき夜はくらきかぎりの寒《さむさ》哉

など、自然や人生に対して深い観照を示す句を残した。芭蕉は既成の表現の型を脱し、自然や心情を素直に表現することにより発句に新しい生命を吹き入れたが、こうした理念を継承し写実や叙情性、境涯詠などに数多くの秀作を遺し、近代を先取りしている。芭蕉を尊崇しながら、自己の個性や境涯をとおして新しい可能性を追求している。私はこの郷土ゆかりの作家によって、古典俳句研究の世界に入った。『しら雄く集』所収。

老ても春はうれしくて

飯《いい》蛸《だこ》の飯《いい》より多し遊ぶ事　乙二

飯蛸は晩春の珍味。足の短い小さな蛸で、このころになると腹にいっぱい卵が詰まっている。それが飯粒に似ていることから飯蛸の名がある。食膳にその馳走を賞しながら、人生には遊ぶことがこの飯蛸の飯粒よりも多いことよ。

花々が咲き、酒も旨く……まだまだ遊び足りない。この句には、この前書がどうしても必要だ。『松窓《しょうそう》乙二発句集』。

五月

さゞれ蟹《がに》足はひのぼる清水哉《かな》　芭蕉

歩き疲れてほてった足を清水に浸して一休みしていると、小さな沢蟹が足の甲に這い登ってきた。蟹は蟹に同じ。『続虚栗《ぞくみなしぐり》』（一六八七）所収。

諸説向う脛を登るなどと言うが、用心深い沢蟹を蟻などと同じように考えてはいけない。蟹が珍しさに水中に出てきた人間の足の甲に登っているのだ。「足」はことに足首の下の部位をいう言葉である。視覚的写生のみの句ではない。まず、むず痒さを皮膚に感じ、そして目で確かめた清涼な質感がある。

この句は貞享四（一六八七）年、

古池や蛙飛こむ水のおと

の翌年に作られている。巷間いまでも芭蕉の作風を「わび・さび」とし「古池」を閑寂境とするが、虚心にこの前後の句を読んでゆくならば、芭蕉がこの頃すでにどんなに融通無碍で、明るく多彩、艶やかな境地に達していたかがわかる。

枯枝に烏のとまりたるや秋の暮　（『東日記』）

という三十七歳のときの試作以来、彼は閑寂を理想にかかげて水墨画のような世界へとつき進み、このいわば中世帰りによって騒々しく乱雑な談林俳諧を克服して行ったのだった。そしてその完成が「古池」の句であったと説かれてきたが、誤りであろう。この有名な作品は閑寂境の完成ではなく、そこからの脱却を宣言している句だと私は考えている。

まだ冬枯れのままの小さな池に、突然水の音がした。振り向くと蛙が飛び込んだのだった。その音を聞いて季節のめぐり、春の躍動を感じたという句である。「古」は西行の『山家集』（九九七番）にある「古畑」の語から学び、この年、さっそく使ってみた

古畑や薺摘《つみ》行《ゆく》男ども

と同じ用法である。古畑は春になっても冬枯れている畑で、「古池」と同じ意味である。

我がきぬにふしみの桃の雫せよ

山路きて何やらゆかしすみれ草

いずれも前年の作で、これらは閑寂色を払拭し、その対極にある濃艶な春情や色彩が横溢していて、後世の蕪村的な世界がそのまま重なるもの。閑寂境は芭蕉においてすでに風雅のなかの一分野をなすものに過ぎなくなっていたのである。掲出の清水の句なども「わび・さび」の概念でとらえようとするのは滑稽だろう。

門《かど》売《うり》も声自由也《なり》夏ざかな　去来

「自由」の語がうれしい。去来も芭蕉に出会って自由な声を得た一人だった。「自由」は遠く『続日本紀《しょくにほんぎ》』にも見える言葉だが、これが発句に使えようとは当時だれも思わなかったことだろう。

向井去来（一六五一〜一七〇四）は長崎に儒医の次男として生まれ武芸百般に通じたと云われるが、主取りせず京都嵯峨に落柿舎と名付けた庵に住んだ。

天秤棒で売り荷を担いでやってきた魚屋。振売《ふりうり》だと道を歩きながら威勢のいい売り声をひびかせていることになるが、「門売」は軒先か勝手口で下女などを相手にまくしたてている感じだ。馴染みの魚屋だろうが、「夏ざかな」ともなれば腐りやすい季節だから、駆引きもある。離れてやりとりを聞いている作者は、彼奴《あいつ》め随分勝手なことを言ってやがる、などと呟いたりしている。話し声のよく聞こえる夏らしい開放感である。

はじめ『市の庵《いおり》』（一六九四・洒堂《しゃどう》編）に出て『去来発句集』（一七七四・蝶夢編）に収められる。

＊　＊

鶏の声もきこゆるやま桜　凡兆

桃源郷の趣。朝の鶏ではなくて、昼の時ならぬ一声。さまざまな鳥たちの声にまじって、というのが「も」の働き。『猿蓑』所収。当時の凡兆の句としては平凡だが、季語・山桜を生かしている。

凡兆《ぼんちょう》（一六四〇〜一七一四）、姓は野沢・宮城・宮部など諸説がある。金沢に生まれ、初号は加生《かせい》。京都に出て医を業とした。元禄元（一六八八）年、初夏のころ芭蕉に会い入門したと推定されている。たちまち翌年の『あら野』に、初号の加生で、

かさなるや雪のある山只《ただ》の山

残る葉ものこらずちれや梅もどき

が入集しているが、この二句は後の凡兆の行方を予言しているかのようである。雪山の句に見られる写実の堅実さ、そして梅もどきの句の恣意的な観念性。前者の方向を基調として『猿蓑』集における第一の作者となった凡兆だが、芭蕉から離反したのちは後者の傾向によって低迷するのである。

元禄三（一六九〇）年四月幻住庵に入った芭蕉は、京に上ったときは凡兆宅を定宿とするなど彼の妻羽紅《うこう》もまじえきわめて親密な関係を作った。芭蕉は凡兆の持つ鋭い感覚

を愛し、凡兆は芭蕉による非凡な指導——おそらくは添削も恃《たの》んだのであろう。しかし次第に凡兆のうちに「高慢な志」（自惚れ……蕪村の言葉）が兆す。去来は

下京や雪つむ上の夜の雨

の成立過程を明かすことによって、そのあたりの消息を伝えた。はじめこの句に上五はなく、芭蕉や一座の人々が「いろいろと置侍《おきはべ》りて、此《この》冠に極《きわ》め給ふ。凡兆、『あ』とこたへて、いまだ落つかず」、つまり納得しなかったのである。そこで芭蕉は「兆、汝手柄に此冠を置《おく》べし。若《もし》まさる物あらば、我二度《ふたたび》俳諧をいふべからず」（『去来抄』）といい放った。怒りに近い激しい気合である。こんなことがきっと幾度かあって、凡兆は蕉門から離反してゆく。そして入獄、その罪名は不明。出獄後大坂に住んだ凡兆の句には表現の具象性も格調の高さも失われてしまう。芭蕉の傍にあった時にのみ、彼の句は生彩を放ったのだった。

木鋏の白《しら》刃《は》に蜂のいかり哉　雨律

凡兆の持っていたような鋭敏な感受性を後世に探すとすれば、さしずめこんな句が浮かんでくる。

庭木や垣根に剪定の鋏を入れたとき、そこに巣を作っていた蜂が向かってきたのだろ

う。人間に、ではなく白刃《しらは》に、怒りをぶつけてきたというのがこの句のすぐれたところだ。蜂の金属的な羽音までも聞こえる。

潁原退蔵の『俳句評釈』に白雄の作として取り上げられ、よく知られた句であったが、白雄が目を通し信州伊那の中村伯先が編んだ『葛の葉表』(一七八六)にあり、作者は「南総古川」の雨律《うりつ》で、『しら雄く集』の編者碩布《せきふ》が誤って混入したものである。雨律は『春秋稿　四編』から白雄の弟子となった人らしく、白雄派の選集に八句を拾えるが、さしたる句はなく、いわばこの句のみが突出した生涯の一句だったということになる。作者が誰であろうと秀句は秀句。

＊　＊

たんぽゝもけふ白頭《はくとう》に暮の春　召波

穏やかに晴れた今日、野辺のタンポポたちも私同様、すっかり白髪頭となって絮毛を日にきらめかせている。春も行くのだ。

黒柳召波《しょうは》(一七二七〜七一)は京都の富裕な町人の家に生まれ、古義堂で漢学を修め江戸へ出て服部南郭に漢詩を学んだのち、京に帰って家業を継いだ。三十歳前後に蕪村

を知って三菓社句会に参加し、熱心に句作した。作品には漢学の素養が生かされ、

白馬寺に如来うつしてけさの秋

伯《はく》楽《らく》が鍼《はり》に血を見る冬野哉

など中国の故事を詠って独自な世界をひらき、蕪村にも大きな影響を与えた。この句の場合は用語だけだが、劉廷芝の七言古詩で知られる「白頭翁」を敷いて見事な作品である。

遺句集『春泥句集』（一七七七）の序に、蕪村は召波の早い死にあたって「我《わが》俳諧西せり（死んだ）」と嘆いたことを誌している。この句も同集より。

北国や雪の中なる青あらし　樗良

北の雪国。夏に入っても山辺には豪雪の名残が白々と残っている。しかし雪間をついて木々は芽吹き、いまは新緑を強風になびかせている。

ふつうの作者ならば「雪の中の緑樹」あたりで終ってしまいそうなところを、「青あらし」までもって来たところに手腕の高さがうかがわれる。北国に旅しての感動を、ありのままに詠いあげたものと思われる。

樗《ちょ》良《ら》は安永の初年京都に住んで蕪村一派と交流したが、またその頃しばしば北越地方

へ旅をした。そうした折の所産であろう。暖国生れの樗良にはよほど強烈な印象であったのだ。雪国の人にはかえって生まれ難い句境と思われる。『樗良発句集』所収。「串の

さとにて」と前書がある。

歌の会夜にかゝるなり藤の宿　保吉

藤の花が静かに垂れる宿を借りての歌会が、夕刻には終らずに夜に入った。この会は作者の境涯上からして句会であったことと思われるが、「歌の会」として歌会に転じている。俳諧の会にはざっくばらんで猥雑なざわめきがあるのだが、和歌の会には優雅な情緒が漂って紫の藤の花に似合う。なだらかな調べもどこか和歌調である。藤原保吉《やすよし》（一七六〇～八四）は白雄門の夭折した俊才であった。召波の死が蕪村を嘆かせたように、彼の死も白雄を嘆かせた。『俳諧発句題叢《だいそう》』（一八二〇）所収。

目出度さはつぎだらけなる幟《のぼり》哉　一茶

幟は男子の出生を祝うもの。それが継ぎはぎだらけだという。おそらく何代にもわたって立てられてきた幟で、醤油の染み込んだような色もしていたのだろう。その、貧しいながらも代々続いてきた家の幟を目出度いと言っている。

『文政句帖』にある文政五（一八二二）年、満六十歳の作。子供に恵まれなかった彼には格別な思いもあったことであろう。

＊　＊

五月六日大坂うち死の遠忌を弔ひて

大坂や見ぬよ（世）の夏の五十年　蟬吟

蟬吟《せんぎん》（一六四二～六六）は本名藤堂良忠《よしただ》、藤堂藩伊賀付侍大将藤堂良精《よしきよ》の嗣子であった。俳諧を好み貞徳の高弟北村季吟についた。台所に奉公していた二歳年下の金作こと、芭蕉の文才を見出して共に俳諧に精進したが、二十五歳の若さで世を去り、芭蕉は武士としての出世の機縁を失った。死の翌年、季吟の子湖春《こしゅん》が編んだ『続山井《やまのい》』（一六六七）に蟬吟の発句二十九句、宗房（芭蕉）の発句二十八句が入集している。この句はそこにないが、芭蕉は『猿蓑』に収めさせ、続けて

夏草や兵共がゆめの跡　芭蕉

を配列させたように思われる。

前書により、元和元（一六一五）年、大坂夏の陣で討死にした曾祖父良勝の五十年忌

に詠ったものと思われる。「大坂や見ぬ世の夏の……」と自分の生まれる半世紀ほど前の激戦を偲ぶという大摑みな表現によって貞門派を抜け出た句であり、芭蕉の主君への思いを汲み、ここに上げておく。

かまくらにて
目には青葉山郭公はつ鰹　素堂

目には青葉、山にはほととぎす、食膳には初鰹。言水の編んだ『江戸新道』（一六七八）所収。つとに人口に膾炙した句であるが、談林から蕉風への移り変わりを考える上で、きわめて重要な作品である。

延宝六（一六七八）年といえば素堂《そどう》三十七歳、親友の芭蕉は三十五歳で、ぐだぐだと貞門談林調の句を連ねていたころだ。同集に収められた芭蕉句は

五月雨や竜《りゅう》燈《とう》揚ぐる番太郎
行雲や犬の逃《にげ》ぼえむらしぐれ

といったもので、言葉遊びの発句に飽きつつ低迷していた。そうした状況に痛棒を喰らわすほどの衝撃をこの句は与えたはずである。素堂としても、突然変異という他はない不可思議な作品であった。視覚、聴覚、味覚を総動員した感覚への率直さがこの句の革

新性なのであり、蕉風開眼へ向けて重要な役割を担ったのである。

こひ死なばわが塚でなけほとゝぎす　奥州

ホトトギスよ。もしも私が恋死にをしたときは、私の埋まっている塚にきて鳴いておくれ。

奥州は貞享ごろの新吉原の遊女だった。こうした無名の人々の句を収めることによって『猿蓑』は俳諧の『万葉集』をめざしたといえる。同じく

君はいま駒形あたりほとゝぎす　遊女高尾

と好一対をなす秀句である。

山寺や蜂にさゝれてころもがへ　巣兆

無精者の山寺の僧が蜂に刺されたことで、しぶしぶと重い腰をあげて更衣をしているという。なんとも飄逸な句である。「山寺や」といって暇な坊主を彷彿させた高い手腕を見るべきだろう。

建部《たけべ》巣兆《そうちょう》（一七六一〜一八一四）は江戸日本橋の書家山本龍斎の子で書画にすぐれ、また白雄の弟子として成美・道彦・士朗・大江丸・乙二らと交流した。没後の『曾波可《そばか》

理《り》』（一八一七）に収める。この自選句集には友人亀田鵬斎《ほうさい》・酒井抱一《ほういつ》が序を書いた。当時最高の文人墨客たちである。

＊　＊

手をついて哥申《うたもう》しあぐる蛙《かわず》かな　道寸

渓流の石の上に両手をついて、鳴いている河鹿蛙の姿は、まるで貴顕の前で歌を奏上しているかのようだ、という。この蛙には堂上でかしこまっている連歌師などの姿がダブっていようか。古来美しい声で鳴くカワズとして詩歌に詠まれてきた句はカジカガエルで、田圃などにいるふつうの蛙たちが堂々と登場したのは芭蕉門葉による『蛙合《かわずあわせ》』（一六八六）からであった。「古池」に蛙を飛びこませた芭蕉句はその点において革新的だったのである。雨蛙や蟾蜍などの鳴き声に人々が耳を傾けるのにはさらに時間がかかった。ともあれ、この句は『古今和歌集』の「仮名序」にある「花に鳴く鶯、水に住む蛙の声を聞けば、生きとし生けるもの、いづれか歌をよまざりける」を踏まえていて、古典を愛好する貞門派の好みに応えるとともに、簡潔な形象性にすぐれ、俳諧味もある。作者については貞門の俳書『耳無草《みみなぐさ》』（寛文ごろ）に道寸《どうすん》となっているという。潁原退蔵がこのことを『俳諧名作集』（一九三五・のち『俳句評釈』（角川文庫・一九五二））に記したが、その後『耳無草』を見た人はなく、失われたらしい。しかしこの碩学の証言を信ずるべきではなかろうか。

道寸（一六二五〜一六七六）は堺の富裕な商人の出身で宗因らに学んだ著名な連歌師であった。俳諧は松江重頼に学び、『毛吹草』（一六四五）には弘永の本名で最も数多い百二十一句がとられ、やがて大坂俳壇の重鎮となっている。この句、「申あぐる」といった表現からも山崎宗鑑としては上品すぎるように感じられ、道寸の作である可能性が高い。彼には蛙をうたって〈くちなはも哥にやはらげ鳴《なく》蛙〉（『毛吹草』）の作も見える。芭蕉七部集の『あら野』（一六八九）に宗鑑の作として採用されて以後、諸書に採用されたという経緯があって、編者荷兮《かけい》の杜撰さが誤りの原因なのであろう。

作品が良ければ作者名などどうでもよいという人もあろうが、この句を俳諧史のはじめに置いて鑑賞している評釈本も最近は見かけることから、どうでもよいというわけにはいかない。

一《ひと》畦《アゼ》はしばし鳴《なき》やむ蛙《かわず》哉《かな》　去来

貞享三（一六八六）年閏三月十日去来に宛てた芭蕉書簡によって「古池……」と同年

の作とわかる。この句が江戸へ届けられたのは『蛙合《かわずあわせ》』の合評会をやった後だったので、芭蕉は「蛙の句は言い尽くされたように思っていましたところ、またまた珍しい趣向を探し出され、人々が驚き入っています」と称讃した。

田植えのあと一斉に鳴き出した蛙たち。人が近付く気配にしばらくは鳴き止む。それを「一畦は」と実直に表現した。「一畦」によって広い田圃が広がる。

『蛙合』（一六八六）は蛙の句を左右に番えて勝敗を競った句合わせの記録で、大方は机上空想の作が多い中で、経験を踏まえて際立っている。去来は作句を始めて三年目だった。初心のよろしさであろう。

子は裸父はてゝれで早苗舟　利牛

「てゝれ」は褌。早苗舟は苗を積んで田に浮かべて置く手押しの小舟。農民の暮らしがありのままに詠われた微笑ましい田植風景である。

池田利牛《りぎゅう》（一六九三〜一七〇六）は江戸越後屋両替店の手代で、同僚の野坡《やば》・孤屋《こおく》と共に蕉風晩期の選集『すみだはら』を編んだ。そこにある彼の代表作である。

近年、『おくのほそ道』のいわゆる野坡本における字の類似によって利牛が筆写者ではないかという仮説が出されたが、私はこの説を否定する。

六月

おもふ事だまつて居るか蟇《がまがえる》　曲翠

菅沼曲翠《きょくすい》（一六六〇～一七一七）は近江国膳所《ぜぜ》藩の武士であった。元禄二年、芭蕉が膳所を訪れたのを機に師事、「幻住庵」を提供したことでも知られる。芭蕉の死から二十三年ののち、中老職であった彼は奸臣を打ち果たして自刃し、一家も断絶した。五十八歳であった。芭蕉は彼を「勇士」と称え、剛直な人柄を愛して厚い信頼を寄せていたが、その見込みに違わぬ壮烈な死であった。その事情は『近世畸人伝』に伝えられる。

この句は曲翠の最初期の作品で『花摘』（一六九〇・其角編）に出る。「蟇よ、お前は言いたいことを黙って、じっと堪えているのではないのか」。武士社会という因襲的な機構の中にあって鬱屈する心情を吐露した句であり、物に動じず、どっしりとかまえているガマに自分を投影して、作者の生涯をさえも暗示しているかのようだ。

二百五十年ほどを経た昭和の戦時統制下にあって加藤楸邨は〈蟇誰かものいへ声かぎり〉を作った。曲翠の句ははるかな先達である。二句を並べてみると、いわゆる人間探究派が蕉風帰りであったことがよく理解されよう。

うれしさは葉がくれ梅の一つ哉　杜国

青々と繁った葉の間に覗いている青梅をひとつ見つけたのが嬉しいというのである。梅雨の中、葉の色よりも淡くまだ小さい実だ。よく見れば、きっとたくさんの青梅が葉の中に隠れていることだろう。『はるの日』（一六八六）所収。

坪井杜国《とこく》（?～一六九〇）は享年三十余。名古屋の富裕な米穀商であったが、貞享二（一六八五）年夏、先物取引の罪に問われて領内追放となり、三河国保美村に隠棲をよぎなくされた。そこを芭蕉が訪れ『笈の小文』の旅に同行、この二人旅で万菊丸という童子名を名乗っていることから芭蕉と性関係があったとされる。この時代、男の同性愛、ことに少年愛はごく普通のことであり、芭蕉の「愛」の幅は広かった。彼自身に寵童時代があったと推測もされている。そうした背景で読むと「葉がくれ梅」にも、どことなく優婉な趣がただよってくる。繊細な感受性が匂うようだ。

白げしにはねもぐ蝶の形見かな　　芭蕉

これは「杜国におくる」と前書きした貞享二年の作で、タブーの翳りもなくあけひろげの明るさがある。

夕顔や女子《おなご》の肌の見ゆる時　　千代女

これは女性が女性を詠っている。夕顔には田舎の垣根などにからまって咲く、ほのぼのとはかなげな花という『源氏物語』などによってつくり出されたイメージがある。この句、夏の夕暮れに庭で行水を使っている若い女性の白い肌を夕顔の花によって描き出しているのである。

「加賀の千代女」として知られる千代（一七〇三～七五）は加賀国松任の表具師の家に生まれ、十八歳で嫁し、二十歳で夫に死別、家に戻った。

この句、大衆的な人気を博した理屈の作である

朝顔に釣瓶とられて貰ひ水

などより数等よい。『千代尼《ちよに》句集』（一七六四）に収める。

＊　＊

昼は寝て捨子の遊ぶ蛍哉　一笑

岸辺に捨てられたまま拾われない赤子。昼は寝て、夜は蛍の飛ぶのを見て遊ぶ。凄まじい光景だ。

小杉一笑《いっしょう》（一六五三～八八）は金沢片町の茶商で通称茶屋新七。京都の季吟や梅盛《ばいせい》についいて貞門から出発したらしい。芭蕉に入門した近江の尚白が編んだ『孤松《ひとりまつ》』（一六八七）

には尚白の百九十一句をしのぐ百九十四句の多数が入集していて、この句も同集にある。やがて一笑の名は『おくのほそ道』の

塚も動け我泣声は秋の風　芭蕉

の追悼吟であまねく世に知られることになった。

顔ばかりみえて物喰《くう》蚊遣哉　言水

「顔ばかり見えて物喰ふ蚊遣りかな」と表記できる。「鄙《ひな》にわたらひて」と前書がある。蚊やりを焚きながら、物を食べている家。その蚊やり火の明かりで口の動く顔ばかりが見える。江戸時代の貧家の生活風景がいきいきと描写された句である。

池西言水《ごんすい》（一六五〇～一七二二）は奈良の出身。十六歳で剃髪し俳諧に専念したという。機を見るに敏と評される彼は貞門風から談林、芭蕉門との交流などを通じ流行の先端に立っていた。佳句秀句も多くあるが、元禄三（一六九〇）年出版された京都俳壇の句を集めた『都曲《みやこぶり》』で

凩の果はありけり海の音

が知れ渡り、「凩の言水」の異名を得たが、これはいかにも大衆の賛同を得そうな理屈落ちの句作りである。この「海」は琵琶湖であった。掲出句は『北の筥《はこ》』（一六九九）

所収。

麦うたや誰と明《あか》して睡《ねむ》た声　移竹

「麦うた」は殻棹などで麦の脱穀をするとき、あるいは臼で製粉するときに歌われた労働歌だろう。その歌をうたっているのは男か女か。たぶん女。今日はそれが眠たそうに聞こえるのは、きっと誰かと愛の夜更かしをして、よく眠っていないからなのだろう、という。この句は『俳諧新選』（一七七三）に所収。やや俗調とは言え、失われた風俗を伝えて貴重。

田河移竹《いちく》（一七一〇〜六〇）は京都の人。去来に傾倒し、太祇や嘯山とも親交があり、

去来去《さり》移竹移りぬいく秋ぞ　蕪村

の追悼吟によってその名を知られる。この蕪村句、技巧的に極めてうまい。

短夜や空とわかるゝ海の色　几董

夏の夜がしらじらと明け初め、空の色とまだ黒い海の色がわかれてゆく。夜明けの水平線を見事に描いて格調が高い。

安永五（一七七六）年四月十日、太陽暦だと五月二十七日、三菓社中の後身である夜

半亭句会に出された句で『月並発句帖』に出ている。

高井几董《きとう》（一七四一～八九）は蕪村の師でもある早野巴人《はじん》の後継者と見られていた几《き》圭《けい》の次男である。蕪村は自分の後は几董に継がせることを条件に夜半亭を継承したのであった。几董は蕪村の指導下に、その作風を忠実に身につけ、蕪村の死後夜半亭三世となったが、惜しくも六年後わずか四十九歳で没し、蕪村の系統は絶えてしまう。

＊　＊

ほとゝぎす大竹藪をもる月夜　芭蕉

ホトトギスの声が漏れるのか、月の光が漏れるのか、一読、曖昧である。諸説は「……もる月ぞ」（芭蕉庵小文庫）という初案と考えられる形があることに従って、月が竹藪を漏れると解釈しているが、寛政期の『蒙引』（衛足社哉）のみ「漏の一字月と鳥にかゝりて縦横に啼《なき》わたるさまもみゆらんかし」と「もる」がホトトギスと月の両方に掛かることを述べている。この句は素直に詠めば「ほととぎす大竹藪をもる・月夜」なのだから、一句の読みとして『蒙引』説が正しい。この句では月が漏れるというようには書かれていず、「月夜」と言うことで月も竹藪の中に見え隠れ、月光も漏れると暗示しているだけなのである。芭蕉は「……もる月ぞ」を推敲し「……もる月夜」とし、上五に大きな切れを置かずに、大竹藪をホトトギスの声が漏れ、月も漏れると「もる」を双方にかける技法をとったと考えられる。この結果、五・九・三という句またがりの、きわめて斬新な句形となった。

「もる」の主語を一つに限定しようとする写生派的な解釈は正確ではない。こうした平板な読みでは折角の芭蕉の表現意図が消されてしまう。

夜のホトトギスは鳴きわたるもの。その声が月夜の大竹藪を通して、かすかに響く。隠士閑居の趣を添えた幽邃な名句である。なお原典では藪が竹冠になっている。『嵯峨日記』元禄四年四月二十日（一六九一年五月十七日）、去来の落柿舎での詠。

子規《ほととぎす》なくや夜明の海がなる　白雄

ゴオーッという夜明けの海鳴りの中、鋭くホトトギスの声が響く。海を大きな背景にして、平明かつ雄勁な作品である。

別案の前書によって大磯の鴫立庵での三十代初頭の作品と分かる。師の白井鳥酔《ちょうすい》がその庵主をつとめていたのであった。夏の季題の代表であるホトトギスの句は江戸期に無数であるが、その中においてもことに傑出した一句といえる。『しら雄く集』所収。

飯時《めしどき》に家鴨も戻る田植かな　月渓

昼飯に戻る家人のあとに蹤き従って、ガアガア、ぞろぞろと家鴨《あひる》たちも家に帰ってゆくという長閑な田園風景である。

松村月渓《げっけい》（一七五二〜一八一一）は京都の金座町人の子に生まれて俳諧・音曲もたしなみ、二十歳のころ蕪村に師事して絵画面での継承者となった。蕪村はこの三十七歳も年下の才気に溢れる弟子を愛育した。蕪村の死後に俳句は廃したが、画号を呉春といった絵画では写生派の円山応挙に師事し、応挙の死後に四条派の創始者となり、この四条派が明治以降の日本画の主流となった。

この句は「十二ヶ月風物句画賛」（柿衞文庫蔵）中の一句。これは蕪村直伝の俳画の傑作で、春夏秋冬の十二景に自作の十八句を書いたもので、天明期のものと推測される作品である。

＊　＊

能なしの寝《いね》たし我をぎやう〳〵し　芭蕉

俳諧は「夏炉冬扇」で、世俗の役には立たぬ無用のものと観じていた芭蕉が腸《はらわた》を絞った一句である。

この句、従来は「寝たし」を「眠たし」として疑った人はいないが、出典の『嵯峨日記』には、このように書かれている。『おくのほそ道』の初稿などでも漢字に誤りの多い芭蕉ではあるが、「眠」を「寝」と間違えることは、これが発句であることを考えると可能性は低い。不眠に悩んでいた芭蕉は同じ日記に「昨夜いねざりければ、心むつかしく」「宵に寝《いね》ざりける草臥《くたびれ》に終日臥《ふす》」と書く。

この句、たとえば〈能なしの眠たき我や行々子〉などといえば通常の文法や言葉遣いでわかりやすいが、それを「寝たし」といい、「我を」と言った。「能なし」「寝たし」「ぎやうぎやうし」と「し」を三つ重ねて絶妙な調べをつくり、「我を」といって騒がしい鳴き声に眠りから揺り起こされるような効果を生んでいる。「や」や「に」でなく「を」でなければならない。またギョオ・ギョオシと葭切の鳴き声をそのまま仮名書きにした。詞芸の極致であろう。

『嵯峨日記』元禄四年四月二十三日（一六九一年五月二十日）の条にでる。川原では葭切たちがやかましく鳴き立てる季節である。

芭蕉四十八歳。数日後、杜国を夢に見て涕泣して目覚め、「我《わが》夢ハ聖人君子の夢にあらず。終日忘（妄）想散乱の気、夜陰《やいんの》夢又しかり」と記している。「寝たし」の表記に性の鬱屈を感ずるのが、正しいのである。

蚊の声す忍冬《にんどう》の花の散ルたびに　　蕪村

忍冬はスイカズラ。蔓が絡まり合い藪を作って咲く。花は初め純白、やがて黄色く変わって散る。小さな花だからひっそりと散る。次々に咲くので金銀花の異称もある。その花が散るたび藪の暗闇に蚊のとび立つ微かな音がするというので、この花の生態をじつに確かにとらえた句だ。字余りも物憂いこの季節に適応しているだろう。

安永六年五月十日（一七七七年六月十五日）、仲間の例会に出された。蕪村六十二歳の作。

名古屋の暁台《きょうたい》に

あぢさゐやよれば蚊の鳴《なく》花のうら
蚊柱や棗の花の散るあたり

があって、ことに前句は蕪村の句に先行している（清水孝之『蕪村の遠近法』）。蕪村は暁台の発想を奪って磨きをかけ、この句を作ったのにちがいない。

麦秋や毛虫のわたる釜のふた　道彦

麦秋の野外で焚かれているのは何を煮ている釜であろう。味噌炊きの釜であろうか。木蔭の蓋の上を毛虫が渡っているという。釜は熱いし、蓋もじわじわと熱くなってくる。動かずにはいられない毛虫、しかし行き場はない。

鈴木道彦（一七五七～一八一九）は仙台藩百五十石取りの藩医であった。晩年の白雄に師事して一派の選集『春秋稿』第五編から名が見え、やがて江戸詰となり、師没後の寛政年間には夏目成美とともに江戸俳壇に君臨した。

この句は没後の『続蔦本集』（一八三八）に収められる。

＊　＊

さみだれに鳰《にお》の浮巣を見にゆかん　芭蕉

貞享四（一六八七）年四十四歳の作。『笈日記』に「露沾《ろせん》公に申し侍る」とある。表記は杉風《さんぷう》に伝えた自筆本『あつめ句』のもの。

露沾は陸奥国磐城平の風流大名内藤風虎の二男で俳諧をたしなみ、赤坂溜池のほとりに江戸藩邸があった。以前会ったとき、「近くに池があり、鳰も棲んでいますよ。一度遊びにお出で下さい」といった誘いがあったのだろう。何の風物もない梅雨の日、

髪生えて容《よう》顔青し五月雨《さつきあめ》

と鬱屈していた芭蕉は「それじゃあ、鳰の浮巣を見がてら遊びに行かせてもらいます」と、この句を返したものと思われる。実際に行ったかどうかは記録がない。状況にとらわれず、琵琶湖の鳰を見に行くと解しても許されるし、その方が景も大きくなる。

『三冊子』に「詞《ことば》に俳諧なし、浮巣を見にゆかんといふ所《ところ》俳諧なり」とある。俳言こそないが、風狂の姿勢に面白みがあるというのである。いわば全体が俳諧なのであり、この方向へ向かって蕉風は展開されてゆく。

鶏の鼻ぐすめくや麦ぼこり　朱拙

農家の庭先での麦の脱穀作業。その埃で放し飼いされている鶏が鼻をぐずつかせている。「ぐすめく」は辞典類にないが、「くつめく」は咳・痰などがつまって喉が鳴ること、また百日咳のこととある。

坂本朱拙《しゅせつ》（一六五三～一七三三）は豊後国（大分県）城内村に医を営んだ。はじめ談林派であったが、惟然《いぜん》の来遊により蕉門に転じた。旅を好んで各地で芭蕉の遺弟たちと風

交をもった。鳥類を詠うのが得意だった。『白馬』（一七〇二）所収。

みじかよや来ると寝に行《ゆく》うき勤《つとめ》　太　祇

「来ると寝に行く憂き勤め」、客が来ると身をまかすために寝所へ行かねばならぬ物憂い仕事よ。なんというつらい境涯に置かれていることか、という。「短夜」という季語が決まっている。

炭太祇は京島原の遊郭の中に暮らした蕪村の親友であった。そこで遊女たちに手習いを教え俳句も教えた。若い女たちの相談にものっていたことであろう。そうした日常から生まれた句であり、遊女たちの身に成り代って詠まれている。『万葉集』にはこうした作例が多く、その伝統の上にある。『太祇句選後篇』（一七七七）。

紫陽花や雨にも日にも物ぐるひ　諸九尼

紫陽花の花に狂気を感じている。雨の日はむろんのこと、晴れた日にも恋しさに物狂いして……。

諸九尼《しょきゅうに》は情熱の女性俳人であった。庵号の湖白は婚家から法度を破って駆け落ちした生涯の恋人の名。湖白の死後、尼となって京都に庵を結んだが、晩年、夫の生地筑前国直方に帰って没した。『湖白庵諸九尼全集』（一九八六）。

七月

大木を見てもどりけり夏の山　闌更

夏の山へ行き、大木を見て戻ってきた。大木の記憶のみが鮮明に残っているという。細部を消して、一点を強調するという句作法の手本にもなろうかという句である。茫漠とした「夏の山」という季題が効いている。これは近代登山の「夏山」ではない。夏は緑で覆われる修験道の霊山といった感じの山であろう。

高桑闌更《らんこう》（一七二六～九八）は金沢の商家の出。師系をたどると涼菟《りょうと》―乙由《おつゆう》―希因《きいん》で、伊勢派の流れから出ている。涼菟・乙由は伊勢の人であるが、希因は同じ金沢の商人で、この師匠は十代で北枝《ほくし》に手ほどきを受け、美濃派の支考にも学んでいたという。当時、伊勢派も美濃派も江戸を中心とした其角系の江戸座の難解な都会風に対して、田舎蕉門とさげすまれていたが、その平俗なわかりやすさが、「ありのまま」を素直に表現しつつ、清新な叙情を回復するという中興俳諧運動へつながる流れをつくったのであった。近代における正岡子規の写生主義なども、この田舎蕉門の流れに位置づけられるものである。いわゆる中興運動の推進者たちは其角系の蕪村、嵐雪系の蓼太以外は、ほとんどが田舎蕉門の出である。北陸俳壇の場合は伊勢派の希因によって耕され、その中から闌更も出てくることになった。

この句などもまことに「ありのまま」の率直さが生み出した作品と言える。彼の俳論を述べた著作は『有《あり》の儘《まま》』。句の出典は『半化坊発句集』（一七八七）である。

氷室守竜《たつ》に巻《まか》れしはなし哉　暁台

加藤暁台《きょうたい》（一七三二～九二）は尾張藩士出身。二十歳で伊勢派の巴雀《はじゃく》に入門して俳諧を学び、二十七歳のとき武士を捨てて各地に遊び、名古屋を中心に蕉風復興運動を展開した。安永三（一七七四）年京都に蕪村を訪い、以後蕪村一派と交友もしているが、蕪村とことなるところは暁台が世俗的栄誉の獲得にも野心を持っていたことだろう。

氷室《ひむろ》は氷を貯蔵しておくための室や山かげの穴など。氷室守はその番人。「竜」はリュウと読むべきか、タツと読むべきか。リュウと読む面白さも捨てがたいが、「タツに巻かれし……」と読んでおこう。ともかく氷室守が竜巻に巻き込まれたのである。その体験を彼自身が語っているようにもとれるが、氷室守が竜巻にやられたという話を地元で聞いているところ。『暁台句集』所収。

人来たら蛙《カヘル》になれよ冷し瓜　一茶

瓜は真桑瓜。きっと清水などに冷やしてあった。縞のあるものなら、殿様ガエルによく似ている。悪い人が来たら、食べられないように、蛙になっているんだよ。危なくなったら逃げてしまいな。

なんという奇抜な発想だろう。これは『志多良』（一八一三）ほかの形で、『七番日記』には「蛙となれよ」とある。これが初案で、のちに「蛙になれよ」と改めているのである。「と」は少々気取っている。一茶は素堂に発する葛飾派の流れから出たが、既に独自な境地に至っている。一茶は執念の人、あくなき推敲の人であった。

＊　＊

盆棚や木のミかくのミ皆あはれ　才麿

「盆棚や木《こ》の実香の実皆あはれ」と表記できる。香《かく》の実は橘。盆棚に飾られたさまざまな果物も橘の実も皆しみじみと心ひかれる。

椎本才麿《さいまろ》（一六五六〜一七三八）は大和国宇陀の武士の出。浪人となり仏門に入ったが、還俗。貞門の西武《さいむ》について俳諧を学び、やがて談林派に移り、当時の名家たち――西鶴・宗因・言水・芭蕉・其角・来山・鬼貫らと交友を持った。彼は貞門、談林、蕉風、其角風とも接点を持ちつつ、ついに自分の作風を確立することはなかった。さまざまな俳風が混在する時代を才気にまかせて生きた得体の知れぬ俳諧師といった印象である。点取り俳諧師となった彼は言水の死後はその一門をも吸収し、大坂において最大の勢力を誇ったという。私は

笹折て白魚のたえだえ青し　（『東日記』一六八一）
寝て起て鰤売声を淋しさの果　（『おくれ双六』同年）

などの芭蕉と交友した頃の作品を最も佳品とするが、世俗の名声を得た晩年の作品は惨めである。

この句は『間久羅笈《まくらおい》』（一六九一）にある。

茫然と覚《さめ》蚊屋《かや》あさがほの繡《ヌヒモノ》せり　秋風

寝苦しい夜だったのであろう。寝不足のまま目が覚めてぼおっとしている。蚊帳越しに外を見ると朝顔が咲いているのが見え、それは蚊帳に縫い取りをしたかのようだ、というのである。

三井秋風《しゅうふう》（一六四六〜一七一七）は本名俊寅、通称六右衛門。豪商三井家の一族として京都に生まれた。六歳で父を失い伯父の養子となり、成人後養父から江戸店二軒、千貫目の資産を譲られ、鳴滝に花林園と名づけた別荘を構えて遊興と風流の生活を送った。

古い貞門派の梅盛《ばいせい》の弟子であったが季吟・宗因・常矩《つねのり》とも交遊して談林風に移行し、独特の風を持つ。この句などは大正期の新傾向時代の作品を思わせる。蚊帳に刺繡とは資産家らしく豪放華麗。

彼の山荘には芭蕉や嵐雪・其角も訪れ、芭蕉は貞享二（一六八五）年「甲子吟行」に、

梅白しきのふや鶴をぬすまれし

を残した。西湖のほとりの梅林に鶴を飼っていたという宋の林和靖《りんなせい》の故事を詠い入れ、鶴はいないが梅が見事という挨拶である。昨日まで居た鶴は盗まれたのか、と実に愉快な作だ。秋風の句は芭蕉の句とともに秋風編『誹諧吐綬鶏《とじゅけい》』（一六九〇）に収められているが、初出は『一楼賦』（一六八五）で〈茫然とさめ蚊屋薺の繡せり〉の表記である。

頓《やが》て死ぬけしきは見えず蟬の声　芭蕉

まもなく死んでしまう様子など少しも見えず、蟬は鳴きたてている。生命のはかなさを端的に詠って、こうした箴言的な発想ができることに芭蕉という人の奥深さがある。

『卯辰集《うたつ》』には「無常迅速」と前書があり、中七は「けしきも見えず」となっている。掲出句は『猿蓑』の形である。この二集、いずれも元禄四（一六九一）年の刊行だが、『卯

辰集』は五月、『猿蓑』は七月の刊行である。『猿蓑』入集にあたって推敲を行ったものであろう。「無常迅速」は句の内容と重複し「も」と相俟って分かりやすいが、「は」は冷静に突き放した表現である。

＊　＊

なんとけふの暑さはと石の塵を吹《ふく》　鬼貫

「夕涼」と前書きする。今日一日の暑さを憤って「石の塵」を吹いたという。どんな石なのか。前書を考慮すると門石や庭石の類となろうが、机の上などに置いてある石なのかもしれず、不分明なところが実にとぼけていて、暑さで頭もぼやけてしまったとでも言いたげな句の表情である。

暑さというもの、どこへ鬱憤をぶつけようもない。貧富に差はあるものの、ともかくもやる瀬ないほどの暑さを口語で表して、鬼貫の真骨頂というべき句だろう。彼は「……まことを深くおもひ入《いり》て、句のすがたは其時のうまれ次第と、あきらめたる（悟った）人の句は、すがたかならず一様ならず」（『ひとり言』）と言っているが、これはこの句をふくめて、彼の句作精神を理解する上で重要であろう。冬になれば

冬は又夏がましぢやと言ひにけり

太祇編『鬼貫句選』『仏兄七久留万《さとえななくるま》』所収。後者における句の配列からおそらく宝永二（一七〇五）年、四十五歳の作であろう。

みじか夜の水になりたる海月《くらげ》哉《かな》　葛三

短夜の浜辺に打ち上げられたクラゲがいつしか水になってあとかたもなく消えてしまったという。二つのミが韻をふんで調べも美しく、この儚い生き物への挽歌をかなでている。

倉田葛三《かっさん》（一七六二〜一八一八）は信州松代藩の商家に生まれて白雄の弟子になり、長翠のあと春秋庵三世を継いだ人。『葛三句集』（一八一九）所収。

海を出て砂踏《ふむ》蜑《あま》が暑《あつさ》かな　大魯

涼しい海での労働を終えて海女が小屋へ帰ってゆくところ。素足に灼熱した砂が熱い。江戸時代の句として、この題材も新鮮であるとともに、対象の切り取り方も異様に鋭い。

吉分大魯《よしわけたいろ》（一七三〇？〜七八）はもと、阿波藩士。事あって改易され、京都にのぼり蕪村に師事した。やがて大坂に移って蘆陰舎《ろいんしや》を結んだが、さらに兵庫に移って三遷舎《さんせん》と号した。性不羈にして周囲に波乱を巻き起こしたが、蕪村はその異才を深く愛した。『蘆陰句選』（一七七八）より。

萍《うきくさ》の花からのらんあの雲へ　一茶

萍の季題は一茶が比較的好んだものと見え、すべてで三十五句。そのうち『七番日記』に十二句、『八番日記』に十三句ある。これは『八番日記』にある文政二（一八一九）年の作。多くは見たままの写実句で、これほど異色かつ大胆な句はない。「あの雲」へ萍の花から乗り移ろう、という。

きっと白い雲が水に映っていたことからの発想であったのだろう。その雲へ小さな萍の花からひょいと跳び移れそうだった。しかし表現は「あの雲」で、あくまで空に浮かんでいる雲だ。

萍は放浪の根無し草。「あの雲」は憧れの象徴とも読める。〈わびぬれば身を浮草の根をたえて誘ふ水あらばいなむとぞ思ふ　小野小町〉の思いであり、また「蟻の道雲の峰よりつゞきけり」（八番日記）と同工異曲。

である。

＊　＊

すゞしさに榎《えのき》もやらぬ木陰哉　幽斎

榎の大木が涼しい木蔭を作っていて、その涼しさに立ち去ることができないというのである。

「榎」に「得退《えの》き」を掛けた華麗な技法の句。

幽斎は戦国武将の細川藤孝（一五三四〜一六一〇）で俳号は玄旨《げんし》、『あら野』にはこの俳号でのっている。細川家に養子となり、足利将軍家につかえ、やがて信長・秀吉・家康の三代にわたって重用された。古典学・歌学を学び『連歌作法書』などを著し、古今伝授を受けた最高位の文人であった。大学者でありつつフランス革命期のジョセフ・フーシェにも似た狡猾な戦国大名でもあった。明智光秀の娘で通称ガラシャ夫人は息子忠興の嫁であったが、光秀の謀叛に際して加担しなかったことはよく知られている。

こうした句を見ると、いかにも貞門派の祖貞徳が師事した古典学者らしい見事な貫禄がある。今日からすると、あざとい掛詞の技法かもしれないが、句の姿がいいためか、少しも嫌みはない。

名古屋の山本荷兮《かけい》が編纂した『あら野』（一六八九）は芭蕉七部集の三番目にあたる選集で、荷兮が貞門から談林へと移った人であることを反映してか、古人の作品をかなりの量採録しており、古風から蕉風への変遷を読み取る上でも貴重な一冊になっている。芭蕉発句の比類ない達成には、初学時代に学んだこうした伝統の掛詞を生涯捨て去らなかったことも大きくあずかっている。ことに『おくのほそ道』の中には、この技法が鮮やかに使われた秀句が多い。

涼しさのかたまりなれや夜半《よわ》の月　　貞室

夜更けの月を「涼しさのかたまり」だといっている。夏の月を詠って秀逸である。こんな端的な把握は時代をたやすく超えて、現代の〈おぼろ夜のかたまりとしてものおもふ　楸邨〉に先行するものであろう。
安原貞室《ていしつ》（一六一〇〜七三）は京都の紙商人で、幼少のころから松永貞徳の私塾に学び、一般教育から、やがて俳諧も習い、紆余曲折を経て一六五一年には俳諧の点者を許された。彼の逸話が『おくのほそ道』山中温泉に登場している。門下から北村季吟が出て〈ひとにぎりある夕立の雲〉とこの句に脇句をつけた。『鷹筑波集』（一六四二）所収。

夏のくれたばこの虫の咄《はな》し聞く　　重厚

「郊外」と前書する。句形は叙述的だが、栽培農家から煙草につく害虫の話を聞いたという内容は凡庸ではない。「夏のくれ」は夏の終り。

井上重厚《じゅうこう》（一七三八〜一八〇四）は一七七〇年に落柿舎を再興し去来忌を営んだ。京都生まれで蝶夢門。各地を遍歴し江戸へも出て成美らとも交わった。『五車反故《ごしゃほうぐ》』（一七八三）所収。

子のほしと晒布《さらし》搗き〳〵唄ひけり　　樗堂

子のできない女が晒布を搗き洗いしながら子どもが欲しいと唄っている状景。晒布は木綿や麻の布で夏の季語。『萍窓集《ひょうそう》』（一八一二）所収。

栗田樗堂《ちょどう》（一七四九〜一八一四）は伊予の松山に生まれ、暁台門。酒造業の家から栗田家へ養子となり町方役人を務めた。一七九五年と翌年には旅する若年の一茶が訪れ、句会を楽しんでいる。晩年は御手洗島に二畳の庵を結んだ。

＊　＊

あれにけり蚤《のみ》の都のおもてがへ　松意

「荒れにけり蚤の都の表替へ」である。古くなって蚤たちの住家になってしまった畳を表替えしたというだけだが、畳を言わずに「蚤の都」といった頓知が面白がられたものであろう。「荒れにけり」は万葉集いらい都や故郷にかかわって頻繁に使われてきた叙法。「ノミ」の方はもはや死語に近く、芭蕉の〈蚤虱馬の尿《バリ》する枕もと〉という名句も鑑賞が難しくなってくるのではないかと心配されたりする。

田代松意《しょうい》は生没年不詳。江戸で古い貞門派に不満な人々が彼の会所に集まり、そこを「俳諧談林」と呼んでいた。談林《だんりん》は寺の学問所のことである。一六七五年西山宗因が江戸へ下ったとき

されば爰《ここ》に談林の木あり梅の花　宗因

の発句を得て『談林十百韻《とっぴゃくいん》』を刊行し名声を得たが、宗因の死後はふるわなかった。この句は当時の代表的俳人三十六人の句から一句ずつを上げて絵解きした『三ケ津《さんがのつ》』（一六八二）に収められた句である。「談林」の名にゆかりある人の記念として上げておく。

水うてや蟬もすゞめもぬるゝ程　其角

「水打てや蟬も雀も濡るるほど」。樹木の茂った庭へ水を打って蟬も雀も水浴びをさせてやれという、飛躍した面白さは今でも新鮮である。

「巴風亭」と前書がある挨拶句。『花摘』(一六九〇)所収。これは元禄三年母を追善して作った句集で、蕪村はこれにならって、『新花摘』をつくった。

角あげて牛人を見る夏野かな　青蘿

ぎらぎら照りつける日、旅の途中で人影もない野中の道にかかって、牛たちが草を食んでいるところに出た。間近になると角をあげて一斉にこちらを見た。牛にすれば別に人間に対して敵意があるわけではない。しかし、その静かな動きに不気味さを感じて怯んだのであろう。

角は牛に秘められた狂暴な野性を象徴している。「顔あげて」ではなく「角あげて」ということによって独り夏の野で牛に出会ったときの不安感が見事に表現されていよう。

はる雨《さめ》の赤禿《はげ》山に降《ふり》くれぬ
戸口より人影さしぬ秋の暮

松風の落ちかさなりて厚氷

など、中興俳諧の俊英であった松岡青蘿《せいら》の秀作には毅然としたたたずまいがある。『青蘿発句集』(一七九七)。

海にすむ魚の如《ごと》身を月涼し　星布

浜辺の部屋から海が見え、月ものぼってきた。白地の羅をまとう体の芯までも月光が青白く沁みて、私は海に住む魚になったかのようだ。なんと心地よい涼しさであろう。月光に照らされる女身に魚を思った発想は卓抜であり、そして「魚の如」と軽く切った句またがりの叙法が時を経ても新鮮である。夏の月をうたってこれ以上の句はその後もないであろう。この星布《せいふ》が江戸時代最高の女流俳人とみる私の評価はいまも変わらない。『星布尼句集』所収。

「金川台《きんせんだい》の酒店にあそぶ」と前書があり、神奈川(現・横浜市)での作。師の白雄や句友も同席しての酒席だったのであろう。

八月

翁《おきな》にぞ蚊屋つり草を習ひける　北枝

奥の細道の旅の途中、芭蕉先生が立ち寄られて一緒に歩いたときカヤツリグサの名を教えていただいた。その思い出を大切にしている。

『卯辰集《うたつ》』に収め「野田の山もとを伴ひありきて」と前書がある。この日は元禄二（一六八九）年七月二十日、太陽暦では九月三日。一行十三名。斎藤一泉邸で半歌仙を巻いたあと、金沢市街の南方にある小山まで足をのばした。

立花北枝《ほくし》（?〜一七一八）は通称、研屋源四郎。加賀国小松に生まれ、金沢で刀研ぎを業とした。談林俳諧の作者であったが、このとき芭蕉に入門している。

この句、「習う」という平易な言葉が新鮮である。「奇異な言葉をもてあそぶのではなく、普通の言葉に感動の命を吹き込むことが大切なんだよ」、そんなこともきっと教わったのにちがいない。このことは貞門派や談林派と芭蕉門流とを分ける重要なキイポイントだった。そうした点で現代俳句も談林や江戸座に逆行している作者も多くなっているようだ。日常の言葉を心をあたらしくして使う――芭蕉は「俗語を正す」とも言っている――これがいつの時代でも本当にむずかしいことなのだ。

カヤツリグサは路傍や田に生える雑草で、芭蕉の本草学的な造詣の深さをうかがわせる。動植物などの名前や生態をよく知っていた。名を知ることがまず大切。そして、ありさまをよく観察すること。

松の事は松に習へ、竹の事は竹に習へ　『三冊子』

という芭蕉の言葉がある。名を知り、観察し、本質を詠うこと。芭蕉はそのことを自分に課してきたのだろう。だから、書物に書かれた既成の知識や概念などよりも、眼前の事実や経験を重んじた。「鳴く」蛙は常識であったが、「飛びこむ」ものでもあった。こうして古池の句は出来たのだった。

北枝の句は元禄四（一六九一）年の作で、『猿蓑』に収められた。

人間の垣はさまざま星の恋　保吉

七夕の句。人間《じんかん》――人の世の恋はままならず、恋人たちをへだてる垣根はさまざまなのに、牽牛・織女の星はたとえ年に一度であるにしても逢瀬を妨げられることはない、という悲愁の句。ずばりとした把握が才気を感じさせる。

藤原保吉《やすよし》（一七六〇〜八四）は江戸大門通で馬具商を営んでいたと伝えられるが確証はない。天明元（一七八一）年ごろ春秋庵に入門し、たちまち頭角をあらわし、嘱望されながら夭折した。師の白雄は保吉の訃報に接し、

逝きし児《こ》を生残る我をなげく哉

と慟哭している。これは白雄唯一の雑《ぞう》（無季）の句となった。「恋・旅・名所・離別等、無季の句ありたきもの」（『去来抄』）という芭蕉の言葉を実践したのであろう。保吉の句集はない。掲出句は『俳諧発句題叢《だいそう》』（青野太筇編）に収められた保吉二百二十句のうちの一句。

草花の持つて生れた日和哉　一瓢

草の花が咲いて、よい日和が続いているということを、こんな風に表現したのである。一瓢《いっぴょう》（一七七一～一八四〇）は川原氏、相模国杉田生まれ。江戸日暮里の本行寺住職で、成美を介して一茶と交遊している。句もその名のごとく飄逸とされる。この句は前句と同じ『俳諧発句題叢』から拾った。口語が面白い。

＊　＊

何でやはひとりわらひは涼しいか　惟然

「何でやは独り笑ひは涼しいか」。随分と屈折した句である。「なんでだろうか。気が付くと自分は独り笑いをしている」と言い、やがて「独り笑いは涼しいのだろうか」と自分に問いかけているという不思議な句である。己の生涯を振り返って自問自答しているかのような、孤独地獄の表現であろう。こんなに複雑な余韻を響かせる作品は残念ながら、現代にはない。

広瀬惟然《いぜん》（一六四八〜一七一一）は美濃国関の人。元禄元（一六八八）年、岐阜で芭蕉に会って入門、以後師の死までの七年間随従したが、彼の真骨頂は芭蕉死後に切り開いた自由で軽妙な口語調にあった。掲出句は『三河小町』（一七〇二）に出て、芭蕉死後、七、八年後の作品と思われる。

彼が伊丹の鬼貫を訪ねたとき〈秋はれたあら鬼貫の夕やな〉と挨拶すると、鬼貫が〈いぜんおぢやつた時はまだ夏〉と軽妙に脇句を返した話が夏目成美の『随斎諧話』に引用されている。口語・文語、自由自在な境地にあった鬼貫との交遊が惟然を口語調に開眼させたのかもしれない。

惟然は鬼貫の世に知られた

そよりともせいで秋たつ事かいの

の句を下敷にして「秋の日が晴れて、あんたの夕方になったね」と言い、鬼貫は「この前、来られた時はまだ夏だったな」と、「以前」と「惟然」を掛詞にして応じたのである。

この問答、どうやら鬼貫の方が少々うわてだったようだ。

首たて丶鵜のむれのぼる早瀬哉　浪　化

首を立てて、群れのぼる鵜たちが白波立つ早瀬にさしかかった。描写のきいた爽やかな作品である。

鵜飼のために飼われている鵜たちが昼間訓練や運動のために連れ出されているのだろうか。それとも篝火の下、これから鵜飼の場に向かう姿か。やはり後者と思われる。

浪化《ろうか》（一六七一〜一七〇三）は浄土真宗の僧侶だった。東本願寺十四世の末子に生まれて京都に育ち、やがて越中国井波の名刹瑞泉寺の住職となったが、三十三歳の若さで死んでいる。芭蕉への入門は元禄七（一六九四）年閏五月、落柿舎でのことで、わずか五ヵ月ほどのち芭蕉は亡くなってしまった。

『喪の名残』（一六九七）に収められる。句集名の喪は師芭蕉への服喪である。温雅平明と評されるこの青年の頂点といっていい句だろう。

はつ秋や臼の目きりのうしろざま　完　来

臼は石臼。石工が石煙を立てながら、石に細かな縞目を刻んでいるところ。その後ろを向いた姿に、初秋を感じたという。難しい付けだが、残暑の感じと一抹の清涼感をともなう季題の働きを見事に受け止めていよう。「目切り」の語がいいのだ。

完来《かんらい》（一七四八～一八一七）はもと伊勢の津藩士だったが、辞して江戸に下り、白兎《はくと》門を経て大島蓼太に就き、のちにその養子となって雪中庵を継いだ。この句は家集『空華集』（一八一九）にある。

＊　＊

立秋や白髪もはえぬ身の古び　来山

老いを詠っては芭蕉の
衰《おとろい》や歯に喰あてし海苔の砂　（元禄四・一六九一年）
が出色だが、芭蕉の十歳年下の来山の句は何歳ごろの作であろうか。小西来山の没年は享保元（一七一六）年、六十三歳であった。
この句は死後刊行になる『津の玉柏』（一七三五）に自選されていて、「来山兀《ごつ》として」と前書がある。兀《ごつ》とは、ひとり奮闘するさまを言うのか。五十歳頃になってようやく結婚した来山は妻や子に死なれ、再婚した妻に産まれた長男にも死なれたりしてさんざんな晩年であった。おそらくそれでもめげずにというのであろう。頑張ってはみたものの、立秋に際してわが身をかえりみれば、頭は禿げあがり、白髪さえも生えぬ身の古びようだ、という。諧謔のうちに凄絶な句である。読みについて飯田正一は「立秋《たつ》」とルビをしているが、「りっしゅう」でいいだろう。

いなづまや昨日は東けふは西　其角

『あら野』(一六八九)所収のこの名高い句は、まことに素直に評釈されているが、昨日は東に、今日は西に稲妻が走っているなどという単純な句を其角が詠むはずはない。稲妻は電光石火のはかない人生を寓意し、その人生をあたふたと、東奔西走の日々を送っていると自己をかえりみての苦渋の思いを重ねているのである。

かつて伊勢の中川乙由《おつゆう》(一六七五〜一七三九)作の

うき草や今朝はあちらの岸に咲く

と並び称されたという。これも寓意の句だが、田舎蕉門の卑俗さがあって、とうてい其角の比ではない。

中興俳諧の多くが田舎蕉門から出たが、其角の流れから出た蕪村は美濃派・伊勢派の俗調を嫌い、彼らは翁の風韻を知らず、芭蕉門とは言い難いとさえも言った。

いかに世をひとり角力《ずもう》のくるはしき　五明

吉川五明《きっかわごめい》（一七三一〜一八〇三）は一人秋田の地にあって蕪村などとほぼ同時期に蕉風復古運動を起こした俳人である。その追善句集『佳気悲南多《かげひなた》』（一八〇四）には正調の佳句が多い。蕪村の心の友であった。

この句は僻地にあって句に精進する自分の姿をまるで一人相撲を取っているかのようだと言う。それは我ながら狂わしい姿という他はないと。「いかに世を」は、いかにこの世を過ごして……の意。

雨雲のしどろにのこる暑《あつさ》かな　以南

一雨降らせたあとの雨雲がしどろに残り、むしむしする残暑だと詠っている。「のこる」に雨雲が残ると残る暑さをかけている。

橘以南《たちばないなん》（一七三六〜九五）は出雲崎の名主で、僧良寛の父である。はじめ美濃派に師事したが、名古屋の暁台《きょうたい》門となる。彼は若年の良寛に家督を譲ったあと旅に出て帰らず勤皇思想に傾倒し、京都の桂川に投身自殺したと伝えられる。この句は白雄の『春秋稿』第五篇（一七八五）にある。

＊　＊

まざ〳〵といますがごとしたままつり　季吟

「まざまざと在すが如し魂祭」。「います」は在る・居るの敬語。盆棚を飾りつけ、灯籠に灯をつければ御先祖様たちがありありとそこに居られるかのようだ。思い出すのは二親の顔であろうか。

北村季吟は近江の、祖父も父も医を業とし、かたわら連歌をたしなむ家に生まれた。季吟も医を業として安原貞室、ついで貞室の師・松永貞徳に直接師事した。

故事を詠い込めることを課題としていた貞門派としてのこの句も『論語』巻二にある「祭ること在《いま》すが如くし、神を祭ること神在すが如くす」を敷いている。先祖を祭るにはそこに居られるようにする……というのであるが、これほどの句になれば典拠のことなどは忘れさせる力がある。『師走の月夜』（一六四九）に収められた季吟二十五歳の作で、早熟の才能を思わせる。伊賀の蟬吟や宗房（芭蕉）が入門する十二・三年前のことになる。

なまぐさし小なぎが上の鮠の腸《わた》　芭蕉

小水葱《こなぎ》は水田に生える小型の水葵。鮠はハエかハヤか、オイカワやウグイをいう。魚の名は地方によって異なるので面倒で、特定する必要はない。淡水の雑魚でいい。コナギは田草取りで畦に上げられたものだろうか。その上に鮠が死んでいて、腐りかけ、はらわたを出している。その臭いがいかにも生臭いというのである。蒸し暑い残暑の感じが鋭くとらえられた句である。

『笈日記』にある元禄六（一六九三）年の作。「なまぐさし」などは過去の俳諧に登場したことのない言葉であろう。芭蕉の感受性がいかに柔軟で多岐にわたっていたかがわかる。

草いきれ人死《しに》居ると札の立《たつ》　蕪村

道端の草叢に死体があることを知らせる札が立てられている。むっとする草いきれの中に腐臭がただよっている。行き倒れたのか、殺されたのか。江戸時代、さして珍しい光景ではなかったかもしれぬ。しかし、これを句にした人はいない。芭蕉の「なまぐさし」、蕪村の屍臭、通ずるものは冷徹なリアリズムである。それも「軽み」の重要な一面であった。安永六（一七七七）年、蕪村六十二歳の作。『蕪村句集』所収。

いなづまや青貝の間に客ふたり　大江丸

「青貝の間」は京・島原遊郭の揚家、角屋《すみや》の一室である。角屋はもっとも格式高い遊楼で、ここに遊んだ蕪村や応挙、月渓らの書簡や画幅、俳諧資料等を多数保有し、建物全体が重要文化財に指定されている。青貝の間は二階の奥まった一室で庭に面している。壁や建具のいたるところに青貝の螺鈿をちりばめ、豪華を極める。襖は岸駒《がんく》の筆。そこに上がって男二人が浅酌をはじめたところ。折からの稲妻が青貝を光らせて走る。女たちを待っているところ。

句としてはさしたることはないが、由緒ある青貝の間にいま自分がいることを記念した句であり、配するに稲妻は絶妙。『はいかい袋』（一八〇一）所収。

＊　＊

家はみな杖にしら髪《が》の墓《はか》参《まいり》　芭蕉

『続猿蓑』に兄から手紙が届いたので大津から故郷へ帰って盆会をいとなんだとの前書がある。死の年の元禄七（一六九四）年のことである。

墓参りをしようと道に出で立った我が一家は皆年老いて、杖をついた白髪頭ばかりであることよ。

芭蕉には兄と姉と三人の妹がいた。末の妹は兄の養女となって家を継いでいた。久し振りに兄妹たちが生家に集まったのであろう。貧しい一家であり、芭蕉からのときどきの仕送りを頼りにしていた。

初案は「一家《いっか》みな」であったと伝え（『三冊子』）、〈一家みな白髪に杖や墓参り〉（『芭蕉翁行状記』）の形も伝わる。「白髪に杖」は叙述的だが、「杖に白髪」として突いた杖の上に白髪の頭がのっかっている絵画的構図が出来上がった。「一家」は他人の一家を見ているとする解釈も可能であるが、「家はみな」として、安らいだ作者もその中にいる。また「や」の切れは「一家」の漢音ならば相応しいが、「家はみな」ならば強すぎる。

高齢者家族の嘆きを描いて、これ以上の句はおそらく今後も出ないことであろうと思われる。

そよりともせいで秋たつ事かいの　　鬼　貫

風も全く死んで蒸し暑い。やれやれ、これで立秋とは、ほんまかいな。

見事な口語俳句、しかも上方方言そのままの面白さ。「そよりともせいで」が草木を揺らす風もない茹るような暑さを表現して見事である。鬼貫は時に応じて口語俳句を試み、それを成功させた最初の俳人だった。彼と交流した芭蕉門の惟然《いぜん》がこれを引継ぎ、化政期の一茶までゆく。

『とてしも』（一七〇三）にある句で、この年鬼貫は四十三歳。江戸では前年の暮、赤穂義士の討入りがあった。

うす煙こもるや榾《ほた》の蟬の殼　保吉

囲炉裏にくべられた枝に蟬の抜け殻がついていて、その殻の中に薄煙が充満し、一瞬ののちには燃え去ろうとしている。

クローズアップの細密描写によって、空蟬の本意である儚さも表現されている。保吉《やすよし》は白雄の弟子で将来を嘱望されつつ若くして亡くなった江戸の人。繊細な感受と写実力、たおやかな叙情に優れていた。

この句は『俳諧発句題叢《だいそう》』（一八二〇・俳諧文庫㉒に復刻）に収められている。これは下総国香取の青野太筇《たきょう》（一七六四〜一八二八　たいこう　とも）が編んだもので、宝暦期から文化文政期を中心に二千七十二人の一万八千余句を季題別に収め、三年後に後編（千五十余人の約四千七百句）も出版した。選句眼も確かで、これにより残った作者・作品も多い貴重な労作である。保吉《やすよし》もその一人で二百二十句の多くが収められ異例の扱いである。

太笻は白雄門の恒丸に学び成美や一茶とも親交があり、追善集『立待《たちまち》』もあるが、ここにも彼の句は僅か二十句で各地の作品二千五百句が収録される。自らの句に執することなく、蒐集と編集に徹した人なのであった。「秋風やもどる処も旅の宿」のごとく江戸と越後長岡に住み、半年庵と号したという。こういった作家も記憶されなければならないであろう。

水飯《すいはん》やあすは出てゆく草の宿　乙二

水飯は乾飯《ほしいい》を水に漬けたり、食べ残しの冷飯に水をかけて食べるもの、またはそれを食べること。

今日を限りの一夜の宿りなのであろう。この草の宿も明日は出て行くのだと思いながら粗末な夕食をしたためる。持参した乾飯であろうか。「草の宿」は草枕にも通じ、草庵もしくは草葺きの粗末な宿屋といった感じだ。

山伏として、また俳諧師として旅から旅への生涯を送った乙二《おつに》の日々の生活ぶりがよく表れた作品である。明朝は早い出立。『松窓乙二発句集』では「行」であるが「ゆく」

は真筆の表記。故郷の白石市に〈栗蒔やわすれずの山西にして〉の句碑が建つ。

九月

月にこひ月にわするゝみやこかな　心敬

月を見れば恋しくなる都、けれど月を見ているうちに忘れてゆく京の都。「都」に象徴される人の世への愛惜を詠いながら、「月」という自然への深い思いへ、変わるものから変わらぬものへ、といつしか移ってゆく心。大きな空間と緩やかな時間の流れが見事に一句のうちにある。

「あづまに、あまた年をおくりしころの連哥《れんが》に」の前書を持ち、生涯を集約した晩年の一句で、『新撰菟玖波集』（一四九五）に収められる。

心敬《しんけい》（一四〇六～七五）は紀伊国に生まれ、三歳以降は京都で育ち、比叡山の横川《よかわ》で修行した後、十住心院に入った。十代で正徹に和歌を学び五十代から連歌師として名声が上がり、主著『ささめごと』（一四六三）、自撰句集『心玉集』（一四六六）を著した。やがて応仁の大乱を避けて関東へ流浪し、川越城で十五歳年下の、宗祇という得難い弟子を得て血脈を伝え、異郷の地に没した。

俳句の歴史を説くとき、俳諧連歌の祖で『犬筑波集』の編者・山崎宗鑑から始められるのが通例であるが、芭蕉を頂点とする俳句の歴史は正風連歌の発句にさかのぼるとするのが正しいと思われる。このことを芭蕉は明確に意識していた。三十九歳のときの

〈世にふるもさらに宗祇のやどり哉〉をその例証にあげてもよいが、ここでは『新撰菟玖波集』（一四九五）から引いておく。

名もしらぬ小草花さく川邊《べ》かな　智《ち》蘊《うん》

しばふがくれのあきのさは水　心敬

夕ま暮きりふる月に鴫《しぎ》なきて　専順

智蘊も専順も心敬と同世代の人。心敬の脇句は「芝生隠れの秋の沢水」、専順の第三は「夕間暮霧降る月に鴫鳴きて」。智蘊の発句の心を発展させると、芭蕉の

よくみれば薺花さく垣ねかな　芭蕉

何の木の花とはしらず匂哉　〃

などになってゆく。

白露や角《つの》に目を持《もつ》かたつむり　嵐雪

白露、そして角の先にあえかに黒いデンデンムシの目玉。鮮やかな取り合わせである。このように確かに自然の事物を言いとめることは、芭蕉によって切り拓かれた新しい路線なのであった。

この句は『或時集《あるときしゅう》』（一六九四）にある。この選集の序に嵐雪は「花に対して信なく

んば花恨み有らん。句は是《これ》に習ふべし。華《はな》に問へば華語ること有り、姿はそれに随ふべし」という芭蕉の教えを記している。対象に無心に対し、対象から言葉や句の姿をもらえ、という自然随順の心で、別のところで「松の事は松に習へ、竹の事は竹に習へ」（『三冊子』）とも言っている。

新米《しんまい》もまだ艸《くさ》の実の匂ひ哉　蕪村

稲を草、米を「草の実」ととらえたところに新鮮な味わいがある。新米の香りが、ういういしく立ち上ってくる。季題をいったん白紙に返して、原点から捉え直すことがどれだけできるかということも重要な――蕪村の言う「俳力」なのであろう。句集『落日庵』所収。

＊　＊

女郎花《おみなえし》たとへばあはの内侍《ないし》かな　季吟

秋の七草の一つ女郎花はたとえて言うならば、阿波の内侍だという。オミナエシは花が細かく黄色いことから粟《あわ》に譬え、そこから阿波に転じて「阿波の内侍」を導いてくるという手の込んだ句である。

阿波の内侍は『平家物語』の「大原御幸」で建礼門院に仕える老女として、後白河法王に対面する人物である。信西《しんぜい》の子である彼女は後白河にとっては乳きょうだいの間柄であるとともに、保元の乱で後白河が追放した崇徳上皇の寵愛を受けた女性なのであった。二人の間に愛憎渦巻く瞬時が過ぎてゆく。

北村季吟《きぎん》（一六二四〜一七〇五）は京都粟田口に祖父の代から医学と連歌をよくする家に生まれ、自らも医を修める傍ら、十六、七から安原貞室について俳諧を学んだ。十九歳で松永貞徳の直門となり、二十五歳で季寄せ書『山の井』を刊行するなどして、若くして貞門派の宗匠となり、歌学・古典研究においても当代随一の学者となってゆく。

この句は『師走《しわす》の月夜』（一六四九）にあり、秘伝書『誹諧埋木《うもれぎ》』に「興（たとへうた）」の例として季吟自らが挙げている句である。女郎花からほとんど人に知られない古典の一節を連想してゆく比喩と掛詞の技法には貞門派の面目躍如たるものがある。

北村季吟は芭蕉初学の師であった。主人蟬吟《せんぎん》の使いとして宗房（芭蕉の初号）は伊賀からしばしば京に上り対面していた。後年の〈京にても京なつかしやほととぎす　芭蕉〉にはこの旧師への思いもいくばくかは含まれているか。宗房から桃青への改号に際して季吟が

名を変へて鶉《うずら》ともなれ鼠殿

という句を贈ったと伝える本がある。真偽のほどは不明だが、なかなか面白い。しかし後年、季吟との関係はすっぱりと捨て去られた。一六八九年、季吟は幕府歌学方に出世して江戸に下るが、芭蕉が季吟に会った記録はない。

いなづまやどの傾城とかり枕　去来

「稲妻やどの傾城《けいせい》と仮枕」。稲妻が一瞬、格子にへだてられた遊女たちの顔を照らし出す。今宵はどの女と仮の契りを結ぼうか。

『続有磯海《ありそうみ》』(一六九八)所収。句集には「長崎丸山にて」と前書がある。丸山は長崎の遊廓。篤実な人格者であった去来はなかなかの艶福家でもあったようだ。

芋を煮る鍋の中まで月夜哉　許六

中秋の名月は芋名月の別称もあって、里芋を馳走とする地も多い。ここでも芋が煮えている。台所でもよいが、野外での風流かもしれない。鍋の中まで月光が差し込む名月の夜であるよ。

森川許六《きょりく》(一六五六〜一七一五)は近江彦根藩三百石の上級武士。多能な人で漢詩・

和歌、狩野派の絵もよくした。俳諧は貞門に始まり、談林派の田中常矩《つねのり》の門を経て、元禄五（一六九二）年江戸参府の折芭蕉に入門し、芭蕉に絵を教えたことでも知られる。師の死後は蕉風の理論家として知られ、俳文集『本朝文選』などを編んだ。

これは李由と編んだ『篇突《へんつき》』（一六九八）に収める句で「五老井　題揮月窓」と前書がある。五老井は彼の庵。

＊　＊

西瓜独り野分をしらぬ朝《あした》かな　　素堂

台風一過の朝、草や木はなべて惨めな姿をさらしている中にあって、西瓜だけがごろりと何知らぬ顔で涼しげに畑に居座っている。西瓜の葉や茎は風雨にへし折られたりしてべったりと打ちひしがれた中、丸々と西瓜の実がむき出しになっているのであろう。『猿蓑』以前の古調だが、擬人法によって西瓜の存在感を出している。この西瓜、あるいは作者自身か。

山口素堂は芭蕉のたった一人の親友で、晩年深川芭蕉庵から五分もかからぬ所に住んだ。路通編『俳諧勧進牒』（一六九一）所収。

ふりかねてこよひになりぬ月の雨　尚白

降りそうで降らぬまま月齢が進み、しだいに満月に近づいてきた。その待ちに待った名月の晩になって、あいにくの雨になってしまったというのである。月を待つ心情が巧みに詠まれていて、たとえ月は見られずともこんな句が生まれれば以て瞑すべきか。

大津の医師で近江蕉門の古老、江佐尚白《しょうはく》（一六五〇～一七二二）のこの句は『猿蓑』（一六九一）に収められたが、このころ既に蕉門を離脱する彼の動きは始まっていた。編著『孤松《ひとりまつ》』や『忘梅』につまらぬ自作を多数入集させていることから見て、芭蕉の作品評価の厳格さに到底ついていけない我の強い性格であったことがわかる。年齢的にも貞門風や貞享時代の作風を踏み破ることは不可能でもあったし、加えて近江蕉門内部の確執があった。

秋風や鼠のこかす杖の音　祇空

秋風吹く夜更け、立てかけてあった杖を鼠が倒した音がひびく。

さしたる句を作っているのではないが、その精神と行動によって俳句史に大きな影響を及ぼしたといった人物がいる。稲津祇空《ぎくう》（一六六三～一七三三）その人である。芭蕉の死の一か月前、堺から大坂へ駆けつけ、歌仙の座に列した彼は、一期一会で芭蕉の弟子となったと思われる。彼は江戸に下り、やがて旅に出てゆくが、彼の存在がなければ江戸の俳壇は依然として点取俳諧に毒されつづけ、「芭蕉へ帰れ」を合言葉とする中興俳諧の成立はかなり遅れていたに違いない。彼は江戸座俳諧の盛行によって博打《ばくち》化した世相に背を向け、西行・宗祇から芭蕉に至る隠者の系譜を生き直そうとした人であった。

『玄湖集』(一七四二)所収。

海原をいづち行くらん秋の蝶　尾谷

海を渡る蝶=アサギマダラなどの生態は今日ではよく知られるところとなったが、江戸時代すでにこんな句を作った人がいた。さほどうまくはないが、江戸座としては極めて素朴な句である。

千足尾谷《びこく》(一六七八〜一七四八)は江戸三河町に住み、沾洲《せんしゅう》門。のち初師の号を継いで盤谷と改めた。編著『園圃録《えんぽろく》』(一七四一)に出る。

＊　＊

相撲取ならぶや秋のからにしき　嵐雪

秋場所の土俵入りの場面である。錦の化粧回しをつけた相撲取がずらりと並んでいる。その豪華さはまさに「秋の唐錦」だと言い取り、骨太で、おっとりとした鷹揚な嵐雪の特徴がよく表れた一句だろう。唐錦は紅葉に関連して用いられるから、これは江戸という大都会の中に紅葉した山々の景色を先取りしているのである。『すみだはら』（一六九四）所収。

十團子《とおだご》も小粒になりぬ秋の風　許六

『韻塞《いんふたぎ》』（一六九七）所収。元禄五（一六九二）年、許六《きょりく》が芭蕉に入門したときに示して激賞された句で、彼の代表作になった。芭蕉は「この句、しをりあり」と評したと『去来抄』が伝えている。

二十数年前、宇津の山を歩いたときに買ってきた十団子が書斎の鴨居に掛けてある。直径七、八ミリほどの団子を十個ずつ麻糸で貫いたものを輪にして、その九連を道芝という草で束ねて吊手をつくる。東海道丸子《まりこ》宿の名物で、いまでも八月の縁日に一寺で売られる。九十の苦難を除けるという縁起物。江戸初期の名所記には峠口の家々で売られていたとあり、十ずつ杓文字で掬ったという古記録もあって、縁起をかついで食べるものだったのかもしれない。

許六の詠ったのは果たしてどちらだったか。食べ物ならば世知辛さを詠った風俗句になり、縁起物ならば秋風に乾びてきたという即物的な解釈もできる。そのどちらでもなく、もともと小さな十団子が秋風の中でさらに小さくなったように感じられるという感覚的な句だという解が成り立つ。作意はともかく、これならば芭蕉の評言にも添う。選者の深読みによって秀句が生まれることがままあるもの。

〈この比《ごろ》は小粒になりぬ五月雨〉という尚白の句が『あら野』にある。許六は蕉門に入門する前、尚白と接触があった。

くる秋は風ばかりでもなかりけり　北枝

やってくる秋がもたらすものは秋風ばかりではないという。人生的な示唆に富んだ句で『すみだはら』(一六九四)に収める。加賀国小松で刀剣の研ぎを業とした北枝《ほくし》にはきっぱりとした気性をうかがわせる率直明快な秀句がある。『卯辰集』には

月を松にかけたりはづしても見たり

などという愉快な句もある。

明月にかくれし星の哀《あわれ》なり　泥芹

『続猿蓑』（一六九八）。泥芹《でいきん》は姓も伝も不明。江戸の昔、明月の光にかくされてしまった星々にこころをやった発想はなかなか面白い。

あらしふく草の中よりけふの月　樗良

「嵐吹く草の中より今日の月」。強風吹き荒ぶ草原から、いま昇りくる名月を詠んで清新である。

宝暦十二（一七六二）年、三浦樗良《ちょら》三十四歳の作。後年、几董は連句の発句に使い、これを見た蕪村が几董宛の書簡で「良夜の句は……是より外《ほか》なく候」と賞賛したことで知られる。『樗良発句集』ほか所収。

＊　＊

芋も子をうめば三五の月夜かな　西武

親芋も子芋を生んで産後、そして月も三×五の十五、芋名月の十五夜になったことだよ。

山本西武《さいむ》（一六一〇〜八二）は京都の人で俗名綿屋九郎左衛門。幼少時から近所の松永貞徳の私塾に学んで育った生粋の貞門派俳人であった。貞徳の没後は、これも近所に生れて同様な経歴を持つ安原貞室と並び称された。これは『犬子集《えのこ》』に入集した二句中の一句で、わかりやすい頓知の掛詞で貞門らしい上品な笑いが受け、すこぶる評判が高かった句である。いま読んでも充分に愉快だ。

我も頓《やが》てまゐるぞかゝるぞ袖の露　　宗　因

墓前での作であろう。「俺もおっつけお前さんの所へ行くよ。死んでこんな土饅頭になるのさ。あゝ袖を濡らすのは露か、涙か。」

「かゝる」がこのような状態ということと、露が散りかかると掛詞になっていて、死者への哀悼と無常観が込められた見事な句である。この悼句の対象としてもっとも相応しいのは貞門から談林へと共に道を切り開いてきた親友の松江重頼《しげより》であろう。圭角鋭い理論家の重頼、温厚で周囲を取りまとめた宗因。重頼の死は延宝八（一六八〇）年のことで宗因はその後二年を生きた。

最晩年の宗因は談林派のとりとめのない乱雑さに嫌気がさしたか、連歌に回帰したが、この句に見られる発句の一人称性こそが、弟子の芭蕉たちに引き継がれた最も重要な要素であった。痛切な思いがこめられた名句である。『梅翁宗因発句集』（一七八一）所収。

浮世の月見過《みすぐ(ご)》しにけり末二年　西鶴

「人間五十年というが、私はそれから二年も余計に長生きして浮世の月をぼんやりと見過してしまったことよ」

井原西鶴（一六四二〜九三）は四十三歳のとき矢数俳諧に終止符を打ったのちは談林派連中との付合いを離れ、浮世草子の制作に専念し著名な作家となった。しかし、五十一歳の三月には、盲目の愛娘に先立たれ、自らも目を病むという悲惨な状況になった。

これは『西鶴置土産』（一六九二）に「人間五十年の究《きわま》りそれさへ我にはあまりたるにましてや」と前書きした辞世句である。「ましてや」は二年も余計に生きて浮世にも飽き飽きしたとの意味であろう。忌日は八月十日であるから、前もって作って置いたものである。

従来の諸説は「見過し」を見過ぎた、二度も余分に月見をしたことだ、と解しているが、見過してしまったと正確に読みたい。「見過す」は気づかないで過す、見落とすの意味である。実情は目を病んで見えなかったのである。

古き世のつらしてたてりすまひ取　　素　檗

相撲取が古き世さながらの面《つら》つきで立っているよ。

藤森素檗《そばく》（一七五八〜一八二一）は信州上諏訪の油問屋で父や地元の作者に学んだのち名古屋の暁台門となった。中山道を通る俳人たちは彼に厚いもてなしをうけたので「諏訪の俳関」といわれた。蕪村・月渓系の俳画もよくした素檗らしい句である。『素檗句集』（一八二三）所収。

十月

ものいへばふたりの様《よう》なあきの暮　土芳

一人ぼっちの部屋で独り言を呟けば、まるで君と二人でいるかのように思われてくる。それも「秋の暮」の寂しさがなせるわざなのか。

独立した発句としては、この「ふたり」の一人、つまり居るかのように思われる相手は限定されていない。読む人の思いのままに、友人であってもよく、女人《にょ》であってもかまわない。しかし作者が土芳《どほう》とわかってしまえば、亡き芭蕉翁とするのがもっともよいだろう。清閑な秋の、日がな一日、亡き先生に問い掛け、自問自答しているのだ。「物言えば二人のような」には、とても自然な流れがあって、なつかしい句である。

服部土芳《どほう》（一六五七～一七三〇）は芭蕉と同郷の伊賀上野の人。富商木津氏の五男に生まれ、藤堂家藩士の養子に入った。芭蕉からは十三歳の年下だが、十一歳のころ芭蕉に俳諧の手ほどきを受けたというから、芭蕉のいちばん最初の弟子かもしれない。

それから二十年の歳月が流れ、『野ざらし紀行』の旅の途中にあった芭蕉と再会、その人間と俳諧の魅力に傾倒し、三年後の元禄元（一六八八）年には家督を譲って草庵に隠栖するまでになった。その後この庵は芭蕉から

蓑《みの》虫の音《ね》を聞きに来《こ》よ草の庵《いお》

の筆墨を贈られて蓑虫庵と改称している。生涯独身を通した彼は、この庵にあって『三《さん》冊子《ぞうし》』（一七〇二）を完成させ、『蕉翁句集』『蕉翁文集』など、いわば最初の芭蕉全集を作り、芭蕉を後世に伝えるために大きな仕事をした。

　この句は『蓑虫庵集』の宝永七（一七一〇）年の項に見える五十歳代の句。寂しくも、あたたかい。おそらくは作者の人柄そのままの句なのであろう。

うかうかとまだ花のあるふくべ哉　蓼　太

　フクべは瓢簞。夏、花が咲き、秋には青瓢になっているのが普通なのに、この瓢め、秋も深くなっている今頃になって、まだ花を咲かせているとは、よくよくの軽率ものなのだ。「うかうか」は周囲に気を配らずに油断のあるさま。

　大島蓼太《りょうた》（一七一八〜八七）は本姓吉川、信州伊那の大島に生まれ。若くして江戸へ上り、御用縫物師となったようであるが、有名なわりには経歴に不明な点が多い。はじめ点取俳諧に手を染めたが、嵐雪門の桜井吏登《りとう》に師事して蕉風復古への道を歩んで、江戸座に対抗し中興俳諧に重要な一角を占めるに至った。

　吏登は雪中庵を継承したが、病弱を理由に弟子の蓼太に庵号と門人を委ねて隠退、臨終の際、わずか十八句を除いてすべての句稿を焼却させたという逸話を持つ興味深い俳諧師だった。蓼太はこの師から芭蕉晩年の炭俵調を学んだ。

彼は各地に旅をし、編集にかかわった俳書二百余・門人三千と称され、生前、世にもっとも知られた俳人であった。代表作として喧伝されたのは

世の中は三日見ぬ間に桜かな

で、これは俗調だが、格調高い秀句も多い。蕪村が江戸在住の俳人たちの中で、もっとも信頼し親しんだのは同世代（二歳年下）の蓼太であった。

＊　＊

がつくりと抜け初《そむ》る歯や秋の風　杉風

元禄三（一六九〇）年九月二十五日、杉風《さんぷう》は芭蕉宛に長い書簡を書いた。江戸のさまざまな消息を記し、旅にある芭蕉の健康をこまごまと心遣ったあと「七月に拙者歯一ッぬけ初《そめ》申候。古事《ふるごと》申直し、句ニ仕《つかまつり》候」そして、

がつくりと身の秋や歯のぬけし跡

と記した。この年、杉風は四十三歳であった。歯の抜けた痕をねぶりなどしながら、つくづくと身の秋を感じているというのである。これが『猿蓑』では掲出の形になった。

おそらく入集にあたって芭蕉の添削が行われたと見るべきであろう。原作の見所「がっくりと」を見事に生かした懇切な添削であり、この句が杉風の代表作になった。芭蕉は添削によって杉風の恩に報いたのである。

杉山杉風（一六四七～一七三二）は通称鯉屋市兵衛、日本橋小田原町に父の代から幕府や大名家に出入りする魚問屋。摂津国今津から出た父も仙風と号する俳人であった。杉風は芭蕉の三歳年下で、江戸で最も早く芭蕉の門人となり、延宝三（一六七五）年には芭蕉と両吟歌仙を巻いている。そして終生もっとも身近な支援者として仕えた。芭蕉死後野坡《やば》宛と推定される書簡で「死して亡《う》せざるものハいのちながし」（「放生日」）が芭蕉の常日頃口にした言葉だったと伝えた。この老子のことばが芭蕉の人生観の根幹にあったのであろう。

白壁の日はうはつらに秋よさて　路通

杉風などの対極にあった芭蕉門人といえば、斎部路通《いんべろつう》（一六四九～一七三八）だろう。神職の生まれというが、生地も育ちも不明の放浪者。坊主姿とはいえ性癖定まらず、初め東北への随行者に予定されていたが、出発を前にして突如出奔して芭蕉を困惑させ、結局、着実な曾良が選ばれた。もしも路通が随行したのであれば『おくのほそ道』の姿はずい分と違ったものになっていただろう。かなわぬ贅沢をいえば二通り欲しかったものだ。

『猿蓑』の前後、路通の作品は俳諧の神髄に達していた。

肌のよき石にねむらん花の山

鳥どもも寝入てゐるか余呉の海

芭蕉葉は何になれとや秋の風

ぼのくぼに厂《かり》落かゝる霜夜かな

しかし『鳥のみち』（一六九七）以後はほとんど見るべき句はない。生活の乱れからか名人の位にまでは達せず、九十歳まで生きながら句の数も少ない。

ここでは『土大根《つちおおね》』（一七〇五）からあまり知られない句を挙げておく。「上面《うわつら》に」の言葉が生半可に過ぎてゆく路通の性格から出ているかのようで興味深い。この言葉は黄道がやや傾いて昼間も白壁に日が当たり始めた状態をも正確に捉えている。そして「秋よさて」。はや秋となった、さて、どうしよう、という。

風かなし夜ゝに衰ふ月の形《なり》　暁台

晩秋の風趣があるが、中秋の名月が過ぎて、一夜ごとに月が細ってゆく状態であろう。

立待月、居待月、寝待月、更待月、その頃ともなれば徐々に欠けてゆく月とともに夜更けの風も次第にすさまじい。夜ごと月を見る風狂の姿に老いのわびしさまでも滲んでくる。『暁台句集』（一八〇九）所収。

＊　＊

門《もん》を出《で》れば我も行人《たびびと》秋のくれ　蕪村

一歩門を踏み出したなら、私も道行く旅人になってしまうだろう。秋の夕闇に紛れて。家の門先に立って京の町を行き交う人々を眺めているのであろう。京の町であれば住民に交じって旅人もたくさん往来している。前半生を恵まれぬ旅に明け暮れた蕪村は、旅はもうこりごりであったが、彼らを見れば時として旅立ちへと心が動く。

深々とした抒情である。安永三（一七七四）年、蕪村五十九歳の作。従来「モン（カド）をイヅれば我もユクヒト秋のくれ」と読まれているが、私はこのように訓《よ》む。「イヅれば」はものものしく寺の山門を出るかのよう。「門」はモンでよく、ふとした軽いこころの揺らぎであれば「デれば」がよい。またユクヒトは芭蕉の

此道や行《ゆく》人《ひと》なしに秋の暮　（『其便』）

に影響された訓み方だが、「行く人なしに」は自然な表現であっても、「我も行く人」は極めて不自然な訓みである。「私も行く人です」という日本語はない。行人《こうじん》は旅人の意味であり、漢詩では古来タビビトと訓まれてきた。

山につき山にはなれつ秋の雲　麦水

秋風が山にあたって雲を生み、雲はやがて山を離れてゆく。中七、普通ならば「山をはなれつ」と言うところを「山にはなれつ」と言ったのがいい。二つの「に」のリフレインがリズムを取っているのであり、「に」には別れを惜しむかのような風情がある。秋の雲がたゆたうように流れているさまを描いて、それ以上でも以下でもないが、山村の穏やかな秋の日が一句の中にあろう。『葛箒』所収。

堀麦水《ばくすい》（一七一八〜八三）は金沢の蔵宿（倉庫業者）の次男に生まれ、青年時代上方にあって麦林舎乙由《おつゆう》の流れに学んだが、蕪村派との交流などを経て麦林調を批判し、蕉風初期の『虚栗』調に帰れと主張するまでに至った。しかしこの句はきわめて素朴でむしろ麦林調である。この人は稗史《はいし》・奇談類の著作家としても知られていた幅広い教養の持ち主であった。

大寺や素湯《さゆ》のにへ《(え)》たつ秋の暮　白雄

厳しい修行に明け暮れる禅寺の風姿がある。男ばかりの厨房に湯が煮えたぎっている。一句の中を凛冽たる秋気が流れている。それには白湯を「素湯」と表記したこともあずかっていよう。

白雄は青年時代の一時期を僧侶として過ごしているから、これは体験に即した句であったはずである。『しら雄く集』（一七九三）。

朝顔を芋と見るまで秋たけぬ　成美

芋は薩摩芋。朝顔の葉っぱは薩摩芋によく似ているので、晩秋に花も咲かなくなった朝顔を芋と間違えてしまったというのである。野生化した朝顔の蔓は地面を這っていて、それも芋に似ている。どことない余裕に俳諧味がある。『成美家集』（一八一六）にあり、「秋たけぬ」は秋闌ぬ。秋も深まる。

＊　＊

誰《だれ》と誰《だれ》が　縁組すんでさと神楽　　其角

『すみだはら』所収の、あまり例のない二行書きの句である。これは字余り句の工夫で、こう書いて置けば「だれとだれが」と口語のままに読ませることができる。そうでないと「たれとたが」といったぎこちない読みになるところ。自由闊達な工夫である。鬼才其角ゆえに二行の変則的な表記を芭蕉は許したのだろう。印刷本では中村俊定校注の『芭蕉七部集』に原形を残している。

秋の収穫が済んで村祭りに里神楽が奉納されている。それを見物しながら、村の者が久々に里帰りをしてきた友達に村の情報を伝えているところ。「誰さんと誰さんの縁組が済んでさ」「それはめでたいな」。

「誰と誰が縁組済んでさ」と「里神楽」の句意で「さと」が上下にかかる掛詞になっているのである。芭蕉も掛詞を使うときは〈蛤のふたみ（二見と二身をかける）にわかれ行《ゆく》秋ぞ〉〈行あきや手をひろげたる栗のいが（毬と伊賀をかける）〉のように仮名書きしている。

『五元集』には「ひたち帯のならはしなどおもひよせ侍りて」と前書きする。常陸の鹿島神社には男女がそれぞれ帯に意中の人の名を書いて供え、禰宜がこれを結んで縁を定めたという古代からの風習があった。村内の相思相愛の若者が結ばれたという嬉しい背景を想像させる。

更くる夜や稲こく家の笑声《わらいごえ》　万乎

通りがかりの農家から灯が洩れて笑い声が聞こえる。こんな夜更けに稲の脱穀をしているらしい。収穫をよろこぶ農民一家の喜びの笑い声なのだ。明日は久し振りに米の御飯が食べられる。

なんと素朴な句だろう。元禄時代は千歯扱きが次第に普及した頃だが、貧農の土間の稲扱きとすればまだ扱き箸を使っているのかもしれない。

『続猿蓑』所収。万乎《まんこ》（一七二四没）は伊賀上野の富裕な商人で蕉門であった。帰省した芭蕉を囲む宴席の、多分片隅に座っていた人であろう。

月ひらひら落《おち》来《く》る雁《かり》の翅《つばさ》かな　闌更

月光を翼にきらめかせながら雁が塒に降りたつ。雁の翼にあおられて、月がひらひらしているかのようでもある。「ひらひら」を上下にかけて読める工夫がされている。

高桑闌更《らんこう》はすでに触れたが、金沢出身で諸国を行脚したのち京都に住んだ中興俳諧の主要作家のひとり。『半化坊発句集』に収める。

竜胆の何おもひ艸《ぐさ》野は枯れぬ　白雄

リンドウは何を思っている草なのであろう。あたりの野の草たちはすっかり枯れてしまったというのに、咲いている。

この「何」に周到な工夫がある。闌更も白雄も中興俳諧期の作家たちは芭蕉において極まった発句を継承するばかりでなく、新味ある叙法をそこに付け加えようとして努力を怠らなかった。『しら雄く集』。

＊　＊

白菊の目に立て、見る塵もなし　芭蕉

女弟子の園女《そのめ》の家を訪れての挨拶句である。

「白菊の咲くあなたの庭も、お住まいも、塵ひとつなく掃き清められていますね。お心遣い、ありがとう」

白菊の、で軽く切れている。この切れによって、相手の人柄さえも言い止めた句である。諸説が言う白菊に塵がない、では当り前に過ぎる。この句は白菊だけを詠んだのではない。表現上では「目に立て丶」が絶妙である。ことに助詞「に」のたおやかな素晴らしさ。

元禄七（一六九四）年九月二十七日（西洋暦十一月十四日）、死の十四日前であった。当日、この句を発句に立てて歌仙が巻かれた。園女の脇句〈紅葉に水をながす朝月〉から、塵は紅葉の落葉であったことが推定される。

園女（一六六四～一七二六）は伊勢山田の神官の子に生れ、医師に嫁して斯波《しば》姓。二年前に大坂に移住していた。支考の『笈《おい》日記』に収める。

人に似て猿も手を組《くむ》秋のかぜ　洒堂

秋風の中、人間みたいに猿も手を組んでいる。

「手を組む」は腕組みとする説が行われているが、指先を組み合わせていると解する。どちらでも大差はないが、その人間くさい動作にあわれを感じているのである。進化論以前の句として興味深い。

浜田洒堂《しゃどう》（一七三七没・七十歳ころ）は近江膳所の医者で、尚白に学びやがて芭蕉に師事した。
『猿蓑』所収のこの句は初号の珍碩《ちんせき》の名で出ている。

別るゝや柿喰ひながら坂の上　惟然

ありのままを詠って別離の情をこめている。
諸本の前書や配列から芭蕉に別れた句とされているが、柿の季節に合わず、可能性が高いのは元禄七（一六九四）年九月七日（西洋暦で十月二十五日）、同行していた惟然《いぜん》が芭蕉と一緒に伊賀を去るときで、伊賀の仲間たちと別れたのであろう。『続猿蓑』所収。

うき我に砧《きぬた》うて今は又止《や》みね　蕪村

「うき我に砧うて」と命じるように言って「今は又止《や》みね」までのあいだに少なくとも数分、あるいは十数分もの沈黙の間が置かれている。これほど長い間を置いた句は他に例がない。『蕪村句集』にいくつかある破調句の中でも最たるものである。たった一音の字余りながら、表現の工夫が甚だ深い。安永四（一七七五）年の作である。

憂き我をさびしがらせよ閑古鳥　芭蕉

が心にあったのかもしれない。蕪村は場面を大きく転換して、田舎の宿で客の相手をしつつ砧を打つ酌婦を登場させている。

砧を聞きながらだと、酔いのまわりが早いなあ。子守歌がわりに、お袋のこの音で眠ったものだった。「おーい。もう一本つけて呉れ」。（長い間）ああ、はらわたに砧がひびく。「もう止めにして、ここにきて注いでくれぬか。淋しくていけぬ」。

十一月

凩や沖よりさむき山のきれ　其角

木枯らしが吹き渡るとき、海の沖から寒々とした山の切れ端が現れてきた。山脈が岬となって海に浸蝕されている断崖をイメージさせる。

「山のきれ」が鋭く、その把握は繊細だが、「凩」と「寒き」の季重なりなどは少しも気にしていない。その点では豪放だ。「より」には比較の意味もあるが、この句では起点を示す助詞と取るのが自然である。

初出は『誹諧童子教』（一六九四）で、ほとんど同時に『すみだはら』にも出ている。前者は元禄七年五月、後者は閏五月の刊行である。この年の秋に師の芭蕉が亡くなる。急遽関西に上った其角は弟子たちを代表して追善集『枯尾華《ばな》』を編み、その上巻に「芭蕉翁終焉記」を収めている。そのとき其角はわずか三十四歳であった。すでに幾多の熟達した句を作り蕉門の重鎮となっていたのだから、その若さに驚く。彼は師の作風の変遷過程や深川隠栖の秘密や悩みをもっともよく知り、芭蕉が深く信頼する弟子なのであった。

十月や余所《よそ》へもゆかず人も来ず　尚白

尚白《しょうはく》も其角と同じく医を業とした。早く芭蕉に就いた近江蕉門の古老だが、推移する師の新風を理解できずに離反し、芭蕉の心痛の種になった。この句にはそんな彼らしい意固地さが表れていようか。陰暦の十月は初冬である。『其袋《そのふくろ》』（一六九〇）では「ひがみ」と余計と思われる前書がついている。

蝶老てたましひ菊にあそぶかな　　星布

秋も終りに近く、蝶が菊の花にたわむれるように舞っている。翅も傷ついているのであろう。蜜を吸うでもなく、ふわりふわり、まるで蝶のたましいが菊に遊んでいるかのように。

江戸時代の初老は四十歳からだから、現代に比べるとずいぶん早い年齢から「老い」が詠われている。これは蝶に仮託して己が衰老を嘆く。この句はたぶん五十歳代の作だろうか。老いを詠って

雛の顔我是非なくも老にけり

もある。若々しい雛人形を前に自分は年とともに老いてゆくばかり。

榎本星布《せいふ》（一七三二〜一八一四）は武蔵国八王子宿の本陣に生まれ、継母の感化で若くして俳諧を学び『五色墨』派の流れにある白井鳥酔《ちょうすい》に師事した。師の死後、同門で

六歳年下の加舎白雄に師事して江戸時代の傑出した女流俳人となった。

これは子の喚之《かんし》が編んだ生前句集『星布尼句集』（一七九三）にある。その後彼女は二十年余を生きた。かつて私は『白雄の系譜』（一九八三　角川書店）巻末に星布の句を集成して載せた。総句数六百八、そのうち『星布尼句集』には五百二十一句が収められている。

＊　＊

律僧の鼠ぬれ行《ゆく》時雨哉《かな》　来山

律宗は奈良時代に鑑真が伝えた一宗派。戒律を研究し、厳格に戒律を持することで知られる。繁栄を謳歌する江戸時代の都会でのことともなれば、その街中を歩く律僧の風体は時代錯誤的な異様さがあったのだろう。その姿をコミカルに描く。折からの時雨に濡れそぼつ黒衣の姿を「鼠」に譬えたのである。鼠もどぶ鼠のたぐい。似た社会批評的な趣向の句に

お奉行の名さへ覚へ《(ママ)》ずとしくれぬ

が知られる。掲出句は『津の玉柏』（一七三五）所収。

小西来山《らいざん》（一六五四～一七一六）は大坂の薬種商の子で、父と懇意であった談林派の前川由平《ゆうへい》に学び、やがてその推輓によって西山宗因の直弟子となり、十八で判者になったという。また西鶴とも親しみ、その独吟興行に立ち会うなど、いわば談林派の申し子であったが、談林の佶屈放埒の傾向を離れて、率直素直な句作りへ進んだ。その歩みは芭蕉や鬼貫と軌を一にしていて興味深い。つとに荻野清は『元禄名家句集』（一九五四）に句を集成し、飯田正一は全句の評釈を行い（『小西来山俳句解』一九八九）、二〇〇五年には『来山百句』（来山を読む会・和泉書院）も出ている。

しみじみと子は肌につく霙《みぞれ》かな　秋色

女性らしい感性で、幼子をいとおしむ情がしっとり「しみじみと」表現されている。霙降る中、乳をもらって眠りに入る前か。肌をあわせ互いの体温が伝わり合う。「肌につく」がいい。異性との間では、こんなに深い情感が句に詠われたことはあるまい。『たまも集』（一七七四）所収。これは女流俳人の句を集めた特異な句集で、その中で秋色《しゅうしき》は三十九句と園女《そのめ》・智月に次いで収録句数が多い。

秋色（一六六九～一七二五）は江戸の老舗菓子店の娘で其角門・寒玉の妻と伝えられ、其角の高弟となり、その点印を譲られた。其角の没後、沾洲《せんしゅう》・祇空と遺稿集『類柑子《るいこうじ》』（一七〇七）を刊行するなどし、当時の女流としては異例の存在であった。

井戸ばたの桜あぶなし酒の酔

が名高く、秋色桜の伝承さえ生まれたが、この「井戸ばたの桜」は江戸座の程度を示す、つまらない理屈の句だ。酔っていれば危いのは当り前。

なお、秋色には一七八四年に五十八歳で没した同名の俳人もいる。この人は蓼太門でのち三世湖十門の養女となって深川姓となった人。

山川《がわ》のいは《わ》なやまめや散《ちる》もみぢ　抱一

山川に棲む岩魚や山女、そこへ散り込む紅葉。食膳のことではない。魚たちを驚かすように散るとしてもよいが、淡々とした並列の句法で、装飾画の趣がある。作者を知ればなおのこと。

酒井抱一《ほういつ》（一七六一～一八二八）は、姫路藩主忠以《ただざね》の弟で、本名は忠因《ただなお》。江戸座の存《ぞん》義《き》や晩得について俳諧に活躍したが、自撰句集『屠龍之技《とりようのぎ》』（一八一三）を出版後は絵画に力をそそぎ、尾形光琳・乾山の兄弟を顕彰し「夏秋草図」など後期琳派《りんぱ》の傑作を描き、画家として名を残した。句ははじめ江戸座風、壮年期からは平明な中興俳諧風が多くなる。この句などはその好例。

＊　＊

身にしみて大根からし秋の風　芭蕉

『更科紀行』。姨捨山での月見の後、十六日は善光寺に立ち寄り、北国街道を南下して坂城宿に泊った。そこでこの地の大根を口にしたものと思われる。この大根を諸説は木曾の大根とするが誤りである。坂城宿の一つ先に鼠宿があり、このあたりの痩地で栽培される小型のねずみ大根の下ろしは口が曲がるほどに辛い。いまでもこの周辺では近縁種が栽培されている。

秋風は身に沁みるもの、という古来の季題を実際に口疼《ひひ》く体験をとおして捉えなおし、あえて季重ねとしているのも大胆である。芭蕉の句はいつもスリリングだ。

黄菊白菊其他《そのほか》の名はなくも哉《がな》　嵐雪

嵐雪の代表作の一つとしてよく知られている句であるが、流布している解釈は「黄と白の菊がよく、他の色のはなくてもよい」とするもので、解釈上いちばん大切な「名」を飛ばして読んでいる。一般に芭蕉の句は精読されているものの、その門流などの句の読みは秀れた作であっても随分と疎かにされている一例であろう。

江戸時代は菊の栽培が盛んになり、厚物・管物・広物などの大菊や江戸・伊勢・嵯峨などの中菊が作られ、それぞれに「天女の夢」だの「春興殿」だのと優雅で大層な名前が付けられていた。

この句で作者が言っているのは色や品種のことではなく、呼び名のことである。菊にはいろいろと複雑煩瑣な名が付けられているが、「黄菊・白菊という名前があればいい。この他の名前はいらないなあ」というのである。色のことは言外にある。

貞享五年重陽の日（西暦一六八八年十月二日）、当時上野不忍池のほとりにあった素堂亭で催された菊見の宴での吟で木曾路の旅から帰ったばかりの芭蕉を迎えて、其角・路通・越人らが同席していた。翌九月十日まで滞留して残り酒を啜っている。この句はそうした状況からすると、久し振りの師友に会って嵐雪がいい気分で酒を飲み過ごし、七面倒な名前などはどうでもいいやね、と少々懶惰になった気分がよくでている。芭蕉の句は〈いざよひのいづれか今朝に残る菊〉という翌朝の吟が残っている。『玄峰集』（一七五〇）所収。

凩の笛かもしらず蟬のから　旨原

蟬の殻は木枯らしの吹く笛かもしれない、という。あるいは空蟬を前に、やがてこれが木枯らしが音を立てる笛になるのかも知れない、とも解される。後者とすれば夏季の句になる。

小栗旨原《しげん》（一七二五〜七八）は江戸の人。其角・嵐雪に傾倒、二人の句集を編纂刊行した極めて重要な業績がある。蕪村とも親交があったという。『反故衾』所収。

しぶ柿のしづかに秋を送りけり　吏登

甘柿ならばとられて食べられてしまうところを、渋柿は木に安泰で、静かな境涯を送っていると言いたげ。桜井吏登《りとう》は嵐雪門で蓼太の師。気骨ある俳人であった。わずか一一九句の『吏登発句集』に残る。

＊　＊

浜までは海女も蓑着る時雨かな　瓢水

海に入ればどうせ濡れてしまうのだから少々濡れてもいいと思われるのに、海女《あま》たちも折からの時雨の中、浜までは蓑を着てゆくことだという。理にかなった句でわかりやすく、後世の月並調に通じるところもあるが、時雨の情緒と人情の機微をよくとらえている。

瀧瓢水《ひょうすい》（一六八四〜一七六二）は其角門として関西において勢威を張った松木淡々《たんたん》の弟子である。播磨（現・兵庫県南西部）の船問屋であったが、俳諧に没頭して家屋敷を失った以後、自得斎と号し飄々たる七十九年の生涯を送った。老年に御所へ召されたとき

　けし炭も柚味噌につきて膳のうへ

と即興したという逸話が『続俳家奇人談』に出ている。この話などその飄逸な人柄の躍如たるものがあろう。家集に『柱暦』（一七六〇）がある。

あふむいて眺《ながむ》る翌日《あす》の落葉かな　也有

枝にある葉は枯葉であって落葉とは言わないのだが、それを眺めつつ、その枯葉も明日は落葉になると達観したのである。その視点が極めてユニークな俳諧性をもつ。自分も明日は落葉となるのか。仰向いて眺めるという動作の描写によって句として立っている。「仰向いて」は「病臥して」の意味。家集『蘿《ら》葉集』（一七六六）所収。

横井也有《やゆう》（一七〇二〜八三）は名古屋藩千二百石の重臣であった。五十三歳で隠居し、

俳諧のほかにも漢詩、狂歌、談義物などの文事に縦横に遊んだ。俳文集『鶉衣《うずらごろも》』は古典の地位を得ている。「俳諧に師なく、門人もなし。ただ正直なる小児の、舌しどろに言ひいだせるが、おのづから五七五にかなふべし」（『俳家奇人談』）と言ったという。

霜に嘆《たん》ず蚱《こおろぎ》髭《ひげ》を握りけり　大魯

霜夜の寒さ侘しさを嘆きつつ、部屋の片隅をみればコオロギが髭を握っていたというのであるが、この「蚱」はたぶん、長い触角をもつ竈馬を言ったものであろう。当時は混用されていた。コオロギ類にはよく触角をしごくような動作がみられるが、それに老残の身をかこつ自己を投影したものであろう。上五は『虚栗』に学んだ漢詩調である。

蕪村の愛弟子であり、几董のよき兄貴分であった大魯《たいろ》についてはすでに触れたが、その不羈にして狷介な性格がたたって流浪の生涯を送った。

この句は几董編『続明烏』（一七七六）にあり、大魯は没年まで二年を残すのみであった。彼は京都金福寺に葬られるが、やがてその墓の隣に蕪村は葬られる。蕪村の遺言によったのである。

ちる芒寒くなるのが目にみゆる　一茶

初案は『七番日記』の〈散芒寒く成つたが目に見ゆる〉であるが、五年後にこの形で友人の太笻《たきょう》が編んだ『寂砂子集《さびすなご》』（一八二三）に収められた。

実生活においても俳句においても、一茶はあくなき執念の人であった。見込みある発想の作品には何年もかけて手を入れ続けた。「散芒」から「ちる芒」への表記変更、「寒く成つたが」から「寒くなるのが」への時制の推敲。格段によくなっている。

＊　＊

あはれさやしぐるゝ比《ころ》の山家《さんか》集　素堂

芭蕉の死後四年目に刊行された『陸奥千鳥』に「亡友芭蕉居士、近来山家集の風躰《ふうてい》をしたはれければ、追悼に此集《この》を読誦《どくじゅ》するものならし」と前書きする。時雨降るころには、亡き友芭蕉を追悼して彼が好きだった西行の歌集を声に出して読むことであるよ、というのである。「ものならし」は詠嘆の叙法。前書にもたれてはいるが、句文一体として味わうべき作品として作られている。

芭蕉を「友」と呼べるのは素堂一人のみであった。二歳年下の芭蕉は早死し、彼はその後二十二年もの歳月を生きた。この友を思うときいつも胸を過ぎる思いは「哀れさ」なのであった。

なき影はうつらで寒き鏡哉　木因

鏡に亡くなった人の影は映らず、ただ寒いばかり。おそらくは亡き妻の遺した鏡を見て、追悼の思いをこめているのであろう。

谷木因《ぼくいん》（一六四六〜一七二五）は美濃大垣の人。ここは揖斐《いび》川を下って伊勢湾の桑名へ至る水運業で栄えた町。そこで木因は大きな船問屋を営んでいた。談林派時代から同世代の西鶴や芭蕉らと交友した。『おくのほそ道』の旅の終りにも芭蕉は木因の邸に滞在し、彼の持船で一緒に伊勢に出たが、『おくのほそ道』に彼の名は記載されなかった。何故だったのだろう。謎である。親しすぎたのかもしれない。〈蛤のふたみに別行秋ぞ〉も、同船した彼への挨拶である可能性が高い。『谷木因全集』（一九八二）所収。

淋《さび》しさの底ぬけてふるみぞれかな　丈草

底抜けて——じとじとといつまでも降り止まぬ雪まじりの雨。「底」とは空の底、そして淋しい心の底。「淋しさ」の読みは「さびしさ」か「さみしさ」か。内藤常衛門宛書簡に「さびしさの……」とあるのに従う。芭蕉塚を守って草庵に独居する孤独の中に生まれた句である。『篇突《へんつき》』(一六九八)所収。

この句がすぐれているのは、表現の常識を破っているところにあろう。常套的表現なら「底抜けに降る霙」となるところを「底抜けて降る霙」なのだ。「に」と「て」、この一字の違いが句を飛躍させた。「さびしさの……しぐれかな」(『けふの昔』)「さみしさの……霰哉」(『裸麦』)などの形も伝わるが、暗く湿った「みぞれ」でなければならない。「わび」「さび」という蕉風の一つの方向がこの句に極まっている。

句を煉《ねっ》て腸《はらわた》うごく霜よかな　太祇

霜夜、句を練り上げていると腸《はらわた》がうごく、という。稀代の作者太祇という人の句作は、まさに腸をしぼるようであったと伝えられる。「行住座臥燕飲病床といへども日課の句を怠らず」「一の題に十余章を並べ……もし趣を得れば、上に置、下になし、あるは中にもつゞりて、一句を五句にも七句にも造りなし」(『太祇句選』序)と友人の三宅嘯山は述べている。死後にうずたかい句稿が遺された。その中から蕪村と嘯山が『太祇句選』を選び一周忌に刊行、七年忌には『太祇句選後篇』が刊行された。この句は『後篇』(一七七七）にある。

十二月

つくぐ〱ともの、はじまる火燵《こたつ》哉《かな》　鬼貫

つくねんと、することもなく炬燵にあたって、暖まってくるうちに、自分の中になにか兆してくるものがある。

「もの、はじまる」という曖昧な含みのある言葉が面白い。コトではなく、モノが始まるという。いったいなにがはじまるというのだろう。

鬼貫の句は自然や心理などの省察において根源的で、その根源にゆきつくためにほとんど他者の助けを借りない。つまり類想性がない。稀なことと言うべきであろう。

『仏兄七久留万《さとえななくるま》』の元禄四（一六九一）年の条にある。ぼんやり炬燵にあたっている物憂さそうな人物からは老年の作者が想像されるのだが、鬼貫はまだ三十一歳の壮年であった。

山犬を馬が嗅《か》ぎ出す霜夜哉　其角

山犬は狼である。馬は外にいても、馬小屋につながれていてもいい。その馬が近づく狼を嗅ぎ付けたらしい。むろんニホンオオカミだから小型で、馬にとってそれほど恐ろしい敵ではないが、厄介な奴ではある。警戒する気配がする。

「嗅出す」が巧みで、季題の「霜夜」も確かに据えられている。露や雪では駄目である。其角の句にも自然との交流がゆたかだ。

元禄十二（一六九九）年に刊行された『皮籠摺《かわごずれ》』に初出。『五元集』には「山行」と前書がある。この前書から野宿を連想すれば、緊迫感が強まろうが、やはり前書は不要であろう。

木の葉ちり雪降《ふる》上にちる木の葉　野坡

志田野坡《やば》（一六六二〜一七四〇）は越前福井に生まれ、早く江戸に出て越後屋両替店の手代（一説に番頭）にまでなった。はじめ其角に指導を受け、元禄六（一六九三）年秋には芭蕉に直接師事して『すみだはら』を同僚の孤屋《こおく》・利牛《りぎゅう》と共に編んだ。芭蕉の死後長崎に商用で赴任、足掛け四年滞在し、俳諧師として独立し九州をはじめ西国一帯を行《あん》脚《ぎゃ》した。晩年は大坂を拠点に俳諧をひろめた。

野坡は後期蕉風の「かるみ」を代表する作者とされるが、見るべき句はほとんど芭蕉膝下にあった初期に限られ、あとの膨大な句はまともに読むにたえない。これを見るなら「かるみ」の作風というものが、確かな蓄積のない作者においてはいかに危ないものかがわかろうというものである。「かるみ」が、多くは軽薄な只事に堕してしまっている。

この句は自ら編纂した『万句四之富士』（一七一五）にあって、いつごろの作か正確にはわからないが、素直さと口語調の調べの良さが取柄であろう。落葉の上に雪、その上へさらに木の葉。

猫の子のちよいと押へる落葉かな　一茶

『七番日記』所収のこの句は『八番日記』では

猫の子のちよつと押へる木の葉かな

また

猫の子のくるくる舞《まい》や散る木の葉

とも作っている。自己模倣か、推敲か。まことに気軽なものであるが、気軽ながら句のツボは押えている。「かるみ」は一茶において最も成功したとも言えようか。さて、どの句がいいだろう。三句目が情景として豊か。

＊　＊

世に住まば聞けと師走《しわす》の碪《きぬた》かな　西鶴

井原西鶴は宗因に始まる談林俳諧が生み出した偉才であった。氏素姓は知れず、寛文二（一六六二）年・二十一歳ではすでに点者であったという。以後、独吟の早口俳諧を得意とし、一昼夜に何句詠めるかを競う矢数俳諧で名をなした。世に知られる貞享元（一六八四）年四十三歳での大矢数では〈俳諧の息の根とめん大矢数〉を発句とする二万三千五百句という超人的な記録を達成したのち、浮世草子の作者今でいう小説家に転身している。

速吟に軽口の駄句を連ねた西鶴と、俳諧にはらわたをしぼり、ときには一句の完成に数年をかけた芭蕉とは、共に談林派の逸材でありながら極端な対照を示している。作品評価の帰趨は明らか。

しかしその西鶴にもこんな深沈とした秀句がある。「世に住マば聞と師走の碪哉」が原表記で碪は砧とも書く。衣を打つ板がつづまった言葉。この台の上に布を置き槌で打ち柔らかくする。女の夜なべ仕事として侘しい秋の季題であるが、ここでは師走へ移して使っている。

世に住むならば、いかにせわしい師走とはいえ、ときにはこれに耳を傾けよ、とばかり砧の音がひびいている。

『蓮実《はすのみ》』（一六九一）所収で、すでに浮世草子作者として名声を博してのちの作品であろう。作者がわかれば上五は「浮世の人よ」と解釈してもいい。しみじみと砧の音を聞けば、「浮世」が「憂き世」に変わってゆく。

小傾城《こげいせい》行きてなぶらん年の暮　其角

其角は元禄時代、西鶴の描く浮世草子の世界をさながらに生きた人であった。この句はそんな彼らしい名句。小傾城――若い遊び女。なぶる――いじめる、からかう、ひやかす、もてあそぶ。この句、助詞「を」を省略し「行きてなぶらん」として妙。年の暮れは遊郭のひまな時節なのだ。

『雑談集』『五元集』に収め、『猿蓑』（一六九一）選集が編まれた直後あたりの作だろうか。

冬の日をひそかにもれて枇杷の花　曲翠

冬の日、他の木々が凍えている中に枇杷《びわ》の木がこっそり隠れるように暖かな毛につつまれた花を咲かせているよ。隠微な楽しみのように。助詞「を」と「て」の使い方が極めて微妙である。

『菊の道』（一七〇〇）所収。菅沼曲翠《きょくすい》の略伝はすでに述べたが、芭蕉に幻住庵を提供した膳所《ぜぜ》藩の重職であった。芭蕉の信頼厚く、現存する芭蕉書簡中、曲翠宛が最多である。

着てたてば夜るの《ママ》ふすまもなかりけり　丈草

着て起き上がれば衾がない。夜着がそのまま日常の着物なのである。徹底した簡素な生活ぶりを簡潔に描いて、自ずからなる俳諧味がある。

内藤丈草を追善した『幻之庵《まぼろしのいお》』（一七〇四）に収める。この年二月二十四日、丈草は四十三歳の若さで没した。書名は惟然《いぜん》の序「西の岡の仏まぼろし庵も今まぼろしの庵とはなりたり」による。

三十三歳で芭蕉の死を迎えた彼は墓所となった義仲寺の無名庵に留まったが、やがて近くの長等《ながら》山の麓に仏幻《ぶつげん》庵を造って移り、そこで三年の喪に服した。

＊　＊

鳥どもも寝入《いっ》てゐるか余吾《よご》の海　路通

琵琶湖の北にある余吾湖はどんよりと暗い印象がある。淋しい湖だ。この句は作者が放浪の路通ということからも、湖畔での野宿といった感じを与える。湖上に点々と浮かぶ水鳥どもも寝入ったのであろうか。もう音も絶えた。私も眠ることとしよう。

季題は海（湖）の鳥であることから、冬季の水鳥となる。これは非常に自由闊達なあしらいで、形式主義に硬直してしまった俳人たちからは無季と言われかねないだろう。

ところで、この句の真筆短冊、

鳥 な ど も 寝 入 て ゐ る か よ ご の 湖

が矢羽勝幸氏の『曲川集』（二〇〇六年刊）に写真版で紹介されている。とすれば作者に「鳥なども……」とする一案（初案？）があったことになる。「など」と「ども」はたった二字の違いだが、句の品格には大きな差がある。「など」は鳥以外の生き物を呼び込んできて句が騒がしくなる。「ども」には相手を見下す意があり、「どもも」として自分も世間から見下されている者だの意味が加わるから、水鳥たちとの一体感が出る。素晴らしい推敲である。「など」では、芭蕉の「この句細み有り」という評は出ては来ないだろう。高い可能性として芭蕉による斧正も考えられよう。

掲出の形は『去来抄』によっているが、『猿蓑』では「鳥共も……」と「ども」が「共」と漢字になっている。

こがらしの一日吹《ふい》て居りにけり　　涼菟

木枯らしが一日中吹いていたというのである。そういうこともあろうかと思わせるだけの内容だが、漫《すず》ろな感興と前書を付したことで、断定の強さと相俟って事実性などは消え、心の中に凩が移ってくるようだ。

岩田涼菟《りょうと》（一六五九～一七一七）は伊勢神宮の下級神職で、芭蕉晩年の弟子になった。この平明な作風で伊勢派の祖となり、北越・中国・九州方面へ蕉風をひろめた。これは『伊勢新百韻』（一六九八）に出る代表作である。

一夜《ひとよ》〳〵月おもしろの十夜《じゅうや》かな　　蝶夢

十夜は旧暦十月五日から十五日朝までの十日間、浄土宗寺院で行われる念仏の行事。十夜粥といって参詣人に粥を施したりする。

釈蝶夢《ちょうむ》（一七三二～九五）は京都の生まれ、二十五歳で京都阿弥陀寺の帰白院の住職となるが、三十五歳で隠退、洛東下岡崎に五升庵を営む。俳諧は宋屋《そうおく》に学び、二柳《じりゅう》に接して蕉風を慕い、支麦《しばく》系の俳人を糾合して時雨忌を毎年催すなどし、芭蕉全集である

『芭蕉翁発句集』『芭蕉文集』『芭蕉翁俳諧集』の三部作、さらには『去来発句集』『丈草発句集』など多数の編著を刊行し、中興俳諧運動を下支えする大きな業績を残した。

この句、十夜念仏をききながら、毎晩少しずつ満ちてゆく月をおもしろく眺めているというのである。

「おもしろき」でも意味に変りはないが「おもしろの」に芸がある。みずから浄土宗の僧侶であった作者の句として読むと、「一夜〳〵」満ちてゆく冬月が実感に裏付けられていて深い情緒を湛えている。『草根《そうこん》発句集』(一七七四)。

＊　＊

あしづゝのうす雪こほるみぎはかな　心敬

「葦筒」は葦の茎の内側にあるあま皮のことで、「あしづゝの」は「薄し」にかかる枕詞。うすら雪が水打ち際に氷っているという句意である。

ただこれだけの自然の細部を言いとって、見事な発句である。「あしづゝの」という枕詞が無意味ではなく、枯葦の繁みが打ち伏しているであろう湖の大景を想像させるように働いているからである。『新撰菟玖波集』(一四九五)。

心敬は『ささめごと』（一四六三）に「心言葉すくなく寒くやせたる句のうちに、秀逸はあるべし……」と言う。まことにその言葉に適った句と言えるだろう。また「秀逸と申せばとて、あながちに別のことにあらず。心をも細く艶にのどめて、世のあはれをも深く思ひいれたる人の胸より出でたる句なるべし」とも言う。心敬の句にかけるこころは唯一人の弟子宗祇に伝えられた。芭蕉後半生の作品は、この心敬―宗祇の線上にあった。

ながらへて牡丹にあひぬ冬の蠅　二柳

勝見二柳《じりゅう》（一七二三～一八〇三）は加賀の生まれ。蕉風を鼓吹して諸国を遍歴し、晩年は大坂にあって蕪村らと交流した。寒牡丹にとまり得た冬の蠅は作者自身か。八十歳の高齢まで生きた人である。『さゝぶね』所収。

憂《うき》ことを海月に語る海鼠哉　召波

かなわぬ恋の嘆きをクラゲに語っているナマコ。海底をころがるものと海中を漂うものとの会話。「憂し」を「君は自由でいいなぁ」となさけない身の上を嘆いているとしてもよいが、蕪村の仲間では

うき人に手をうたれたる砧《きぬた》かな　蕪村

のように恋情にかかわって使われるのが多い。ともかくも蕪村派の俳諧味あふれる傑作である。子の維駒《これこま》が出した『春泥句集』（一七七七）に収める。

冬鶯むかし王維が垣根かな　蕪村

臨終を前にしての句である。同時に

うぐひすや何ごそつかす藪の霜

とも詠っている。この句の冬鶯は笹鳴きはしていなくて、ただ姿を見せただけでもいい。昔、王維《おうい》の輞川荘《もうせん》の垣根にも鶯が鳴いたなぁ、と時空をとびこえて王維に見《まみ》えているのである。王維の『田園楽』に「鶯啼いて山客なほ眠る」という一節がある。芭蕉が李白・杜甫を愛好したのに対し、蕪村は陶淵明や謝霊運、ことに盛唐の詩人にして高名な画家でもあった王維をもっとも好きだった。その詩人を死の床で思い浮べているのである。

西暦では一七八四年一月十七日（天明三年十二月二十五日）の夜明け前のことであった。『から檜葉』（一七八四）所収。現今の歳事記で蕪村の忌日を旧暦に合せて歳末としているのは、実際の季節に合っていない。

死ぬとしを枯木のやうに忘れけり　乙二

死ぬ年など、枯木のように忘れてしまったよ。それを悟脱の境地ととるか、耄碌のせいとするかは、読者の自由である。乙二《おつに》は一八二三（文政六）年六十九歳で東北白石の故郷に没した。修験者だった彼の死はきっと自然へ溶け込むようであったにちがいない。『松窓《しょうそう》乙二発句集』所収。

＊　＊

行年よ京へとならば状ひとつ　湖春

この年の瀬に、あなたは京都へ行かれるとか、それなら、この手紙を一通届けてはいただけまいか。

湖春《こしゅん》（一六四八〜九七）は北村季吟の長男で芭蕉の四歳年下であったが、寛文七（一六六七）年には若くして貞門派の宗匠として独立し『続山井』を編んでいる。元禄二（一六八九）年には幕府の歌学所に父とともに召されて江戸へ移り、神田小川町に広大な屋敷を与えられている。

この句は『すみだはら』にあり、江戸移住後の作品と思われ、芭蕉の意に適った作品であったのであろう。「よ」の切字がよく、長者の風格を持っている。

旧里《ふるさと》や臍《へそ》の緒《お》に泣《なく》としの暮　芭蕉

貞享四（一六八七）年の春、芭蕉は『笈の小文』の旅の途中で帰郷し、母と自分を結んでいた「臍の緒」に涙して、この句をつくった。臍の緒を保存する風習は時代を越え国境を越えた普遍性を持つだろう。

この句についての評は『笈の底』（信天翁信胤、一七九三年稿成る）の「古郷に年暮を送り迎ふるに付《つき》て、稚《おさな》き時の事までも思ひ出《いで》たる懐旧なり……臍の緒に泣《なく》と云出《いい》て赤子の昔までの事をきかせたるは名誉とも不思議とも云べき詞《ことば》なり……其《その》年月時日を記して秘置《ひめおく》ならひ……かゝる品を取出《とりだし》たるは実に凡慮の及ぶ所にあらず」の評に尽きている。

なお、臍はホゾと振りがなをして読まれてきたが一九六〇年に「へそ」と書いた真跡が発見されて以降、ヘソと読まれるようになった。日常の言葉を詩語に高めることが芭蕉の精神であった。

凍《こご》へ（え）来し手足うれしくあふ夜かな　几董

寒夜の逢曳。蒲団の中で、外気に凍えた手足を温めてくれる恋人。手だけでなく足まで
も詠ったのが江戸爛熟期の率直さである。

老いそめて恋も切なれ秋夕《ゆうべ》

という句もあり、そうした状況を思ってもいい。

蕪村の忠実な弟子であった几董《きとう》は師のような骨太い奔放さには至らなかったが繊細で
優婉な趣がある。蕪村の死を迎えたのは彼が四十三歳のとき。そして『蕪村句集』を出
版した。『井華集』（一七八九）所収。

笠着てわらぢはきながら

芭蕉去《さっ》てそのゝちいまだ年くれず　蕪村

芭蕉先生が旅の途中でこの世を立ち去られてから、いまだに年は暮れていない。芭蕉
を越えるような新しい作品は生まれてはいない、というのである。

年暮《くれ》ぬ笠きて草鞋はきながら　芭蕉

による蕪村六十一歳の作。数年後、『蕪村句集』の結びにこの特異な句を置くことを、
几董におそらくは指示していた。常日頃、芭蕉の句を唱えることを怠らず、その句境に
迫ることを目標としていた蕪村には翁と自分を隔てる距離が正確に見えていた。臨終の

床にあって「旅に病で夢は枯野をかけ廻る」の句を思い、その「妙境は及ぶべくもあらず、されば蕉翁の人傑なる事今更に覚ゆ」と述懐している。筆者もまた「いまだ年暮れず」の思いが深い。

あとがき

これは俳句総合誌「俳壇」に二〇〇四年一月から、二〇〇八年十二月までの五年間、各月の季題に合わせて、連載したもので、私の古典評釈の仕事としては『季題のこころ――古典俳句をたのしく』（一九九〇年・本阿弥書店）につづくものである。

ここでの私の関心は、ことに江戸初期の貞門派や談林派の作家たちを知りたいことと、芭蕉の門人たち、ことに其角や嵐雪の句を読むことにあった。そして作品はもとより、俳人たちの師弟関係や相互の影響などを視野に入れることにあった。そこにはそれぞれの時代相の中に、さまざまな人間模様が展開されていて興味尽きない。あるいは、遥かに『菟玖波集』や『新撰菟玖波集』の救済や心敬たちに、この詩型の淵源を探ったことも嬉しいことであった。

永い歳月の中、作品の多くが忘れられて行く中に、こころに適う一句一句を拾い、ときには従来の解釈などを改める仕事も顧みれば愉しく、『歳華片々』と名付けた所以である。

二〇一八年七月

矢島渚男

作者索引

あ行

惟然〔いぜん〕広瀬（一六四八—一七一一）……120・162
移竹〔いちく〕田河（一七一〇—六〇）……90
一茶〔いっさ〕小林（一七六三—一八二八）……19・77・103・109・176・184
一笑〔いっしょう〕小杉（一六五三—八八）……88
一瓢〔いっぴょう〕川原（一七七一—一八四〇）……120
以南〔いなん〕橘（一七三六—九五）……125
雨律〔うりつ〕……74
奥州〔おうしゅう〕……80
大江丸〔おおえまる〕安井（一七二二—一八〇五）……64・128
乙二〔おつに〕岩間（一七五五—一八二三）……23・67・131・193
乙州〔おとくに〕河合（一六八一—一七二〇）……35・44
鬼貫〔おにつら〕上嶋（一六六一—一七三八）……38・64・107・129・182

か行

葛三〔かっさん〕倉田（一七六二—一八一八）……108
完来〔かんらい〕富増・大島（一七四八—一八一七）……122
其角〔きかく〕榎本・室井（一六六一—一七〇七）……30・114・124・158・166・182・186
季吟〔きぎん〕北村（一六二四—一七〇五）……126・136
祇空〔ぎくう〕稲津（一六六三—一七三三）……140
几董〔きとう〕高井（一七四一—八九）……90・194
救済〔きゅうぜい〕（一二八二—一三七八）……65
暁台〔きょうたい〕加藤（一七三二—九二）……48・103・154
曲翠〔きょくすい〕菅沼（一六六〇—一七一七）……86・186
去来〔きょらい〕向井（一六五一—一七〇四）……72・82・138
許六〔きょりく〕森川（一六五六—一七一五）……138・142
月渓〔げっけい〕松村（一七五二—一八一一）……93
玄札〔げんさつ〕高島（一五九四—一六七六？）……29

湖春〔こしゅん〕北村（一六四八―九七）……193
五明〔ごめい〕吉川（一七三一―一八〇三）……125
言水〔ごんすい〕池西（一六五〇―一七二二）……12・38・89

さ行

西鶴〔さいかく〕井原（一六四二―九三）……146・184
才麿〔さいまろ〕椎本（一六五六―一七三八）……104
西武〔さいむ〕山本（一六一〇―八二）……144
杉風〔さんぷう〕杉山（一六四七―一七三二）……152
只丸〔しがん〕鴨水（一六四〇―一七一二）……32
重頼〔しげより〕松江（一六〇二―八〇）……10・66
旨原〔しげん〕小栗（一七二五―七八）……172
支考〔しこう〕各務（一六六五―一七三一）……45
洒堂〔しゃどう〕浜田（?―一七三七）……161
重厚〔じゅうこう〕井上（一七三八―一八〇四）……112
秋色〔しゅうしき〕田本（一六六九―一七二五）……169
秋風〔しゅうふう〕三井（一六四六―一七一七）……105
朱拙〔しゅせつ〕坂本（一六五三―一七三三）……97
松意〔しょうい〕田代（生没不詳）……113
嘯山〔しょうざん〕三宅（一七一八―一八〇一）……15・42
丈草〔じょうそう〕内藤（一六六二―一七〇四）……50・55・177・187
召波〔しょうは〕黒柳（一七二七―七一）……75・191
尚白〔しょうはく〕江佐（一六五〇―一七二二）……140・166
肖柏〔しょうはく〕（一四四三―一五二七）……34
諸九尼〔しょきゅうに〕（一七一四―八一）……61・98
白雄〔しらお〕加舎（一七三八―九一）……39・66・92・157・160
二柳〔じりゅう〕勝見（一七二三―一八〇三）……191
心敬〔しんけい〕（一四〇六―七五）……134・135・190
信徳〔しんとく〕伊藤（一六三三―九八）……63
成美〔せいび〕夏目（一七四九―一八一六）……39・157
星布〔せいふ〕榎本（一七三二―一八一四）……115・167
青蘿〔せいら〕松岡（一七四〇―九一）……48・56・114
蟬吟〔せんぎん〕藤堂（一六四二―六六）……78
宗因〔そういん〕西山（一六〇五―八二）……6・14・16・113・145
宗鑑〔そうかん〕山崎（一五四〇ごろ没）……27
宗祇〔そうぎ〕飯尾（一四二一―一五〇二）……33
巣兆〔そうちょう〕建部（一七六一―一八一四）……80

素堂〔そどう〕山口（一六四二―一七一六）……8・79・139・176
素檗〔そばく〕藤森（一七五八―一八二一）……147
曾良〔そら〕岩波（一六四九―一七一〇）……25

た行

太祇〔たいぎ〕炭（一七〇九―七一）……22・40・98・178
大魯〔たいろ〕吉分（一七三〇？―七八）……108・175
武在〔たけあり〕荒木田（生没年不詳）……56
智月〔ちげつ〕河合（一六三三―一七一八）……35
長翠〔ちょうすい〕常世田（一七五〇―一八一三）……32・58
蝶夢〔ちょうむ〕（一七三二―九五）……189
千代女〔ちよじょ〕加賀（一七〇三―七五）……87
樗堂〔ちょどう〕栗田（一七四九―一八一四）……112
樗良〔ちょら〕三浦（一七二九―八〇）……42・51・76・144
常矩〔つねのり〕田中（一六四三―八二）……62
泥芹〔でいきん〕（不詳）……144
貞室〔ていしつ〕安原（一六一〇―七三）……111
貞徳〔ていとく〕松永（一五七一―一六五三）……28
道寸〔どうすん〕（一六二五―七六）……81
徳元〔とくげん〕斎藤（一五五九―一六四七）……14
杜国〔とこく〕坪井（？―一六九〇）……86
土芳〔どほう〕服部（一六五七―一七三〇）……150

は行

梅室〔ばいしつ〕桜井（一七六九―一八五二）……18
麦水〔ばくすい〕堀（一七一八―八三）……156
芭蕉〔ばしょう〕松尾（一六四四―九四）……6・16・24・29・43・46・49・50・54・56・59・63・70・78・87・89・91・94・96・106・126・128・135・150・160・162・171・194・195
尾谷〔びこく〕千足（一六七八―一七四八）……141
瓢水〔ひょうすい〕瀧（一六八四―一七六二）……173
風律〔ふうりつ〕多賀庵（一六九八―一七八一）……47
蕪村〔ぶそん〕与謝（一七一六―八四）……22・38・51・56・61・90・95・127・136・155・162・192・195
抱一〔ほういつ〕酒井（一七六一―一八二八）……170
木因〔ぼくいん〕谷（一六四六―一七二五）……177
北枝〔ほくし〕立花（？―一七一八）……118・143
凡兆〔ぼんちょう〕野沢（一六四〇―一七一四）

……34・47・73

ま行

万乎〔まんこ〕(?—一七二四)(一七二四没)……159
道彦〔みちひこ〕鈴木(一七五七—一八一九)……96
守武〔もりたけ〕荒木田(一四七三—一五四九)……13

や行

保吉〔やすよし〕藤原(一七六〇—八四)……77・119・130
野坡〔やば〕志田(一六六二—一七四〇)……183
也有〔やゆう〕横井(一七〇二—八三)……174
幽斎〔ゆうさい〕細川(一五三四—一六一〇)……110
由平〔ゆうへい〕前川(一六六一—一七一一ごろ)……11

ら行

来山〔らいざん〕小西(一六五四—一七一六)……123・168
闌更〔らんこう〕高桑(一七二六—九八)……102・159
嵐雪〔らんせつ〕服部(一六五四—一七〇七)……7・9・17・135・142・171
利牛〔りぎゅう〕池田(一六九三—一七〇六)……83
吏登〔りとう〕桜井(一六八一—一七五五)……173
立圃〔りゅうほ〕野々口(一五九五—一六六九)……54
蓼太〔りょうた〕大島(一七一八—八七)……12・26・151
涼菟〔りょうと〕岩田(一六五九—一七一七)……189
浪化〔ろうか〕僧(一六七一—一七〇三)……122
路通〔ろつう〕斎部(一六四九—一七三八)……153・187

矢島渚男（やじま・なぎさお）

1935年長野県生まれ。東大文学部卒。石田波郷に師事、波郷の死後、加藤楸邨に師事。1991年俳誌「梟」を創刊し現在に至る。古典研究に『白雄の秀句』『白雄の系譜』『蕪村の周辺』『与謝蕪村散策』『新解釈おくのほそ道』など。評論集『俳句の明日へ』Ⅰ～Ⅲ、随想集に『身辺の記』ⅠⅡなどがある。句集『百済野』で芸術選奨文部科学大臣賞受賞。句集『冬青集』で蛇笏賞受賞。俳文学会会員。讀賣新聞俳壇選者。
住所　〒386-0404長野県上田市上丸子399

歳華片々――古典俳句評釈

二〇一八年一〇月一〇日第一刷
定価＝本体二七〇〇円＋税

●著者――矢島渚男

●発行者――山岡喜美子
●発行所――ふらんす堂
〒一八二―〇〇〇二東京都調布市仙川町一―一五―三八―二F
TEL 〇三・三三二六・九〇六一　FAX 〇三・三三二六・六九一九
ホームページ http://furansudo.com/　E-mail info@furansudo.com
●装幀――君嶋真理子
●印刷――日本ハイコム株式会社
●製本――株式会社松岳社

ISBN978-4-7814-1038-8 C0095 ¥2700E